そっちにいかないで

戸田真琴

太田出版

もくじ

第一章

ゆうれいに恋

旧校舎におまけのようにくっついた鍵つきのプレハブ小屋が、生徒会室だった。べろべろと裏返るわら半紙を鷲摑みにし、大きく弓なりにしならせながらなんとか揃え、薄黄色の正方形の付箋に『朝会で配布　一年生』と書いて貼る。窓を閉め、メントスを一粒置いたようなコピー機の主電源ボタンを深く押し込み、ランプが消えたのを確認してわたしは小屋を出た。

薄灰色になったてんどんまんのぬいぐるみのついた鍵で、ドアを施錠する。右手の甲を軽く叩かれたような気がして注視すると、雨粒が簡略化した花火の絵のように弾けたところだった。透き通った粒がゼリーのように流れる。

頭皮や耳の裏、肩や首もとに同じ振動を次々と感じると、そのままざあと雨が降り出した。振り返ると遠くの山のふちがほのかにあたたかく光る。その上に淡い水色の雲がベレー帽のようにのっている。雨粒がわずかなオレンジ色を映し込み、天気雨がはじまった。

前髪までをもすっかり湿らせながら、ジャージのポケットからスマートフォンを取り出し、ビデオモードにする。見上げるように山と雨粒を撮ろうとすると、カメラレンズに二、三滴落ち、画面がぱわんと円状に広がった。水滴の作り出した球面のとおりにグラウンドやそこから逃げ帰る野球部員たちのちいさな人影が歪み、通り過ぎる位置によってのびたり縮んだりする。わたしは左手でスマートフォンを揺れないように持ちながら、右手の人差し指と親指で画面の中に映る山のふち、最も明るいところをつまむようにして、ぐんと拡大する。画面が、淡い光でいっぱいになる。拡大すればするほど画質は落ち、光が雲に溶けゆくあわいはモザイクタイルのようにがたがたと塗り分けられている。胸がいっぱいになる。無意識に息を止めていたことに気がついて、意識してちゃんと、息を吸う。カメラを回したまま帰路につく。

よく丸い丸いとママにばかにされる頬を、雨粒はなだらかに流れていった。何度も、何度も頬のラインを雨がなぞり、その一粒一粒にも光や、正門の赤いレンガ、通り過ぎる青い車のあの青さ、そういうものが逆さに映り込んでいることを想像すると、愛されているみたいな気持ちになる。

わたしというのは、この世界がどんなふうに見えているかということそのもののことなのだとわかったの。わたしに、世界はこんなふうに見えている、そのことをなるべくすべて、いつか誰かに伝えてみたい。そうじゃないと、吸い込んだまばゆさがふくらんで、今にも弾けて死んでしまいそう。濡れたアスファルトを小走りで蹴り、水たまりの波紋をスニーカーで壊す、世界はわたしのものだと思う。

反対車線には聞こえないくらいの声量で言う。こうして喋っているうちにも、すべてが過ぎ去ってゆく。だからわたしはいつも、高校から駅までなるべく早く帰れるほうの道を選ぶ。

入学式のオリエンテーションで学校あるあるを披露された際に知ったその道は「恋人ロード」と呼ばれていて、校内で成立したカップルたちが手を繋いで歩くことを推奨されているらしかった。

線路沿いにまっすぐ続く舗装された道で、駅まで五分くらい。一方、それ以外のほとんどの生徒たちはその裏側にある、田んぼを見下ろすうねった砂利道を七分程度かけて歩いてくる。はじめて聞いたときは周りの同級生たちも、

「なんで恋人たちに歩きやすい道を譲るの？」

と不満げだったけれど、五月の体育祭が終わる頃、クラスの女子生徒たちは揃って、「早くかっこいい先輩と付き合って恋人ロードを歩きたい」と頬を赤らめていた。

わたしはその日の夜、〝彼女〟に話した。

「校内の人と付き合ってこの道を歩くことはきっとない。わたしの恋の相手はここにはいない。わたしは生涯でする恋を、たったひとつと決めている」

早く、家に帰って階段をのぼって、まだお姉ちゃんの帰らない部屋で繰り返し、

今日見たものを話さなくちゃ。わたしは〝彼女〟に話しかける時間をなるべく多く確保するべく、帰路を急ぐ。

改札に引っかかって券売機に後戻りする間とか、駅のホームで知らない人に声をかけられてびっくりするときとかに、今にもわたしのリズムは崩れる。頭の中にさっきの光景が焼き付いていて、それをなくさないように繰り返し再生しているのに、わたし以外の人には、わたしの脳内の事情はてんでわからないらしい。

この頃わたしは、なにに対しても、同じ呪文を唱えるようにしていた。

「どんと・でぃすたーぶ」

Don't disturb. ホテルのドアノブとかにかける、お掃除は結構です、入らないでください。の意味の札に書いてある言葉。

そう、どうか邪魔をしないでください。とても忙しいんです。もしもわたしがすでに、とてつもなく間違えていたとしても、もう、それはいいんです。

それでもいいって思うことが、わたしにとっては、間違わずに生き延びることよりもずっときれいなことだから。

そうして、なくしてしまわないうちに、もう頭の中で今夜はなにを話すのか、そればかりを考えるのだった。

最寄り駅をふたつ逃していることに気づいて、一度電車を降りる。反対のホームに行くには階段をのぼって通路を渡らなければいけない。もうほとんど暮れかけた景色を、格子状に枠のはまった窓から見る。低い建物がわずかに凸凹しながらつらなる地上を、薄紫色の空が覆っている。そのしんとした、だけれどどこかやさしい色合いに、ひとつのことを思い出す。

わたしは、恋をしている。

＊

はじめは真夜中だった。居心地悪そうに眠りに堕ちたその晩のうちに、爆発するように泣きながら、とつぜん目を覚ました。超常的なタイミングで、宇宙でなんの空気抵抗もなく星の光がまっすぐ差すように、精悍に、胸の空洞が圧迫された。なにかとんでもないものに見つかってしまったような夜で、呼吸がしばらく、忘却された。
　わたしは彼に、頻繁に手紙を書く。何週間かに一度会えて、そのときに、手渡しするのだ。返事が来るようにといつも住所と名前を書いているけれど、返事が来たことは一度しかない。それでも、彼はわたしの日々のシナリオに、毎日かかさず登場する。

　授業中に窓から差し込む光が分度器に反射して、青白くつやめいたこと。放課後の美術室で漫画を読みながら、グラウンドで響く声を片耳にふんわり聞くときのこと。廊下を歩いていく上履きの鳴き声。玄関ポストを開けるとき、裁かれるような気持ちになること。そして空っぽのポストを見て、頭の中で毎日、「それでも」と、揺れる瞳でつぶやくこと。

「わたしはあの人を愛すると決めた人生で、まだ、一七年しか生きていない。やっと始まったところで、そして、これから溢れんばかりの愛と夢を味わいながら生きていくと決めているの」

新月の夜、そうつぶやいた。そして眠りにつこうとしながら、恋の相手に、頭をやさしく撫でられることを想像して目を閉じる。「まつげが長いんだね」と言われた言葉を何百回目か、再生する。

「わたしにはこの人生で、すべきことがある」そう息を潜めて反芻しながら、毎日、眠っていた。

「先生へ。お元気ですか？　近頃は季節の変わり目で、天気も安定しませんね。先生のあまり強くはなさそうなお身体がどうか健康であることを祈っています。だけれどわたし、さっきお元気ですか？　って書いてしまったのだけれど、それは、あなたが元気でないといけない、というふうには捉えないでほしいんです。もしも今元気でなかったとしても、そしてこれからしばらく元気ではないときが続いたとしても、わたしはあなたのことをとても好きです。元気かどうか、というだけではありません。たとえば先生、いつかわたしに七夕の話をしましたね。皆が短冊に、好きなアイドルと結婚できますようにとか、ゲームキューブがほしいとか、サッカー選手になれますように、と書く中で、わたしは天の川のことを考えていました。ミルクをこぼしたようだからミルキーウェイっていうんだって、って、宮沢賢治の本で読んだときから、たぶんほんとうは真っ黒い宇宙にミルクをこぼしたところを想像すべきなのだけれど、わたしの頭の中の宇宙はもうどんどんミルクが広がって、宇宙の暗やみの色と星のまぶしさとが逆さになってしまったのです。白い空に、黒い星が無数に光っている。それを考えているとき、たまたまわたしの手もとにあった短冊が全部で六、七色のうち真っ白でしたから、わたしは黒い油性ペンで点をいくつも打ちました。最初に打った点から放射状に広がるようにどんどんと、そしてそのあいだの隙間にも埋めていく。わたしはそうしてなにも考えずに宇宙を描いていたのですが、先生はそれを覗き込んでこうおっしゃいました。『そうだね、僕も、願いごとなんて野暮なことはするもんじゃないって思ってる』、わたしは先生の表情を見上げるより前に、今も無邪気に笹の葉に色とりどりの短冊をむすんでいるほかの生徒たちがそれを聞いていないかと心配しました。しかしほかの生徒たちは、このクラスの担任である、黒髪を短くきっぱりと切り揃えた気の明るい感じのする先生と大きな声で戯れていて、誰も、わたしたちのことなど気にしていないようでした。副担任であった先生は、あのときわたしをはじめて認識したのでしょうか。それとも、もっと前からわたしのことを、友達のいない生徒として目をかけてくれていたのでしょうか。話がしりとりのようにそれてしまってすみません。そう、あのときわたしは、どうしてわたししか知らないはずのことをあなたが知っているのだろう、と驚いたのです。家族がしし座流星群をベランダから見上げながら、願いごとを三回言うのを横目で見て、ほんとうに叶えたいなら祈ったりしてはいけない、と冷めた気持ちになりました。わたしは、ほんとうに叶えたいことを、神様に祈ったりはしません。人は、自分の人生のことを、うんと目を凝らして、耳をすませば、これがどういう物語であるのかわかることができると思っています。わたしの人生は、わたしが書くシナリオです。そして先生、わたしの物語にはじめて登場した、顔も名前もある主要な登場人物が、あなたなんです」

*

実際のところ、家族が祈りを捧げていたのは流れ星じゃなかった。

幅約一・五メートル、奥行き約一・二メートル、和室の天井の高さを測ってオーダーメイドしたのかと思うくらいピッタリの、黒々とした仏壇だ。

観音開きの扉を開くと、真ん中には殴り書きにしか見えないお経のようなものが書かれた掛け軸がかかっている。ママはこれが読めるらしい。手前には脚つきのお盆のようなものがあって、そこに腐ったみかんが三つ置かれていた。この家ではご飯が炊きあがるといちばんはじめに、まんじゅうひとつくらいの量のご飯をちいさなワイングラスのような形の銅色の入れ物によそって、あのみかん置き場あたりにお供えするのだった。一度置いて、両手を合わせていつも同じ言葉を唱え、そしてご飯は炊飯器へ戻される。唱えているのは掛け軸の真ん中に殴り書きされている言葉と同じらしい。ママがいつも言うのを耳だけで覚えていたため、ほんとうにそうなのかどうかは確かめていない。

ママは、この仏壇なのか、その中にある掛け軸なのか、それとも別のなにかなのかわからないが、この一帯のことを「ゴン様」と呼んでいた。御本尊様、の自己流の略し方らしかったが、こどもの頃のわたしや姉は、あの黒くて大きい、決して広いとは言えないこの家の中のいちばんいい場所にずっしりと居座っている、巨大な立方体のようなものをどこか擬人化して捉えていたと思う。

「ゴン様にちゃんとお願いすると全部叶うのよ」

とママは言う。それはいつもとてもうれしそうな顔で。わたしと姉は、ご飯の炊きあがるピー、という音に反応して我先にと競った。いち早くゴン様にご飯をお供えしてくると、ママがとても喜ぶのだ。逆に、ゴン様にお供えするより前にどうしてもお腹がすいて一口ご飯を食べてしまったときには、とてつもない剣幕で叱られた。

「どうしてそんなことするの。モモちゃん、もうご飯食べられなくなっちゃうよ。いいの？」

ママは、ゴン様にご飯をお供えすることで、わたしたちがこれからもご飯を食べていけますように、と願っているらしかった。わたしは、とても悪いことをしたと思って泣いた。

そしてゴン様の前に行きちいさな声で、

「ご飯を食べられなくなりたくないです」

と言って、頭を下げて謝った。

＊

一五歳くらいまでは、ごく普通の幸福な家庭で育っているのだと信じていたと思う。両親が離婚して途中から名字が変わる同級生はたくさんいたし、兄弟に乱暴されて傷をつくってくる子もいた。わたしの身体は無傷だったし、両親は毎晩怒鳴り合ってはいたものの、表面上は離婚しそうになかった。とつぜんパパがF1カーを買ってきて玄関に縦に置き、足場と壁の半分以上を使えなくしたり、とつぜんママがわたしの舐めていた棒付きキャンディーを取り上げ、

「ママはべたべたしたものが嫌って言ったでしょ！　ママに嫌がらせしたいの？」

と大きな声を出したりするけれど、わたしの身体には痣はないし、毎日ご飯は食べられている。もう一ヶ月、まったく同じ冷凍のたらこスパゲティーを食べているな、と気づいたときも、相変わらずゴン様にはスパゲティーがまんじゅうサイズに無理やり盛られて供えられていた。

わたしはお供え用の器から激しくまろび出るたらこスパゲティーを引き上げながら、お供えのみかんに青カビが生えていることをママに言った。すると、

「供える前はきれいだったんだからいいの。カビが生えてから供えたら失礼だけど、きれいなものを供えてあとからカビが生えたんなら大丈夫よ」

と返ってきた。わたしは「そっかあ」と気のない返事をしながら、母の視界の届かない位置で、はみ出たスパゲティーをすすった。

毎週日曜に〝会合〟へ出席し続けているママだけでなく、わたしたちこどもも、月に一度はこども部の会合と呼ばれるものへ出席していた頃があった。

当日の朝になると、ママと仲のいいらしい婦人部の田代さんという女性が車で迎えにくる。パールがかった水色に、黄色いナンバープレートがついた、ちいさな車。ママは小学生だったわたしと姉を連れて乗り込んだ。

田代さんが勢いよくアクセルとブレーキを繰り返しながら、左右をきょろきょろ見渡している隙に、ママはわたしに話しかける。

「いいなあ、田代さんは運転できて。ママ、いつまでペーパードライバーなのかな。パパに練習つきあってっていつもお願いしてるのに、おまえは乗れなくていいって怒鳴るでしょ」

窓ガラスについた水垢の模様を、午前一〇時の光が透かす。わたしはなるべく心を込めて、身体じゅうの慰めを込めて、ママの頬に、自分の頬をこすりつける。ママは、「モモちゃんとゆきちゃんだけが、ママの味方」と言って、涙目で微笑む。辿りつく白いレンガ造りの豪勢な〝会館〟も、そこで出迎える笑顔のおとなたちも、わたしや姉と同じくらいの年齢のちいさなこどもたちも、ママが大切にしている場所のものだから、わたしにとっても「いい人たち」だった。

わたしはだんだんと、ゴン様のお供えをこっそり食べても、罪悪感に苛《さいな》まれることはなくなっていた。最近中等部の会合に出ていないじゃない、とママに怒られるようになってもやっぱり謝らなかったし、玄関先まで迎えに来た地区のサブリーダーというお姉さんに対しては、「テスト勉強がしたいので行けません」と断った。するとサブリーダーの表情はとたんに険しくなって怒りながらドアをこじ開けようとした。会合で繰り返し流される演説のビデオでも、勉学に励みなさいと何度も言っていたのを、わたしたちは聞いていたはずだった。

わたしがテストでたまたま良い点を取った日、ママは大いに喜んだ。

「うちはみんなばかなのに、モモちゃんだけは天才ね。うちにお金さえあれば、教会指定の中学入れたのにねえ」

と屈託《くったく》なく言って笑う。

「渡部さんちの子なんて、モモちゃんよりぜんぜんばかなのに、受験できるのよ。地区リーダーとか、幹部とかになるのかな。息子がリーダーなんて、いいなあ」

それから、ディズニーランドのお土産のチョコレート缶にみっちりと詰まったペンの束から赤いマッキーを引き抜き、カレンダーの今日の日付に文字を書く。花やねこの写真となにかの組織の広告が入っている。【モモちゃんが数学で100点を取った日！　めざせオール5！】

それからママはペンを放り出し、和室の電気をつけないままで、ゴン様の前に座った。エアコンも行き届かないその部屋は、いつもひんやり冷たい。

ママはテスト用紙を腐ったみかんのお供え台の前に置いて言う。

「毎日勤行《ごんぎょう》をしていたおかげでモモちゃんが一〇〇点を取れました。ほんとうにありがとうございます」

そしてわたしの頭を何度も撫でて、全身で抱きしめ、頬にキスをした。

ママは、家に他人を入れたがらなかった。

＊

埼玉県狭山市の駅からバスで一五分、大きな橋を渡りながら河川敷の牛たちを見下ろし、坂をのぼってスリーエフの先。建て売りの一軒家が集合しているニュータウンの一角に、わたしの住むゴミ屋敷はあった。

道路も浅い灰色にひび割れ、「止まれ」の文字はかすれて「まれ」になり、やせたねこが歩いている、もう新しいといわれる時期はとっくに過ぎたニュータウン。アルファベットの文字が二、三個はがれ落ちた表札の横にポストがあって、ドアを開けるとよごれたスニーカーやサンダルがぼろりとこちらへこぼれ落ちてくる。ファッションセンターしまむらの特価で買った五八〇円のハローキティ。玄関には緑色にびっしりと藻の生えた水槽があって、その中には茶色い壺や作り物の水草が鎮座しているけれど、生き物はいない。先月最後の金魚が死んだ。ティッシュにくるまれ、雑草の生い茂る日の当たらない庭に埋められ、アイスの当たり棒を立てられた。名前はなかった。

玄関の靴棚の上には、絵が一枚貼ってある。画用紙いっぱいにパステルカラーの虹が描かれ、池には白鳥が、地面にはピンクの象が、空には黄色い鳥が飛んでいる。虹の上には白いクレヨンで「SMILE LAND SAYAMA」と書かれていて、絵の下に貼られている作品紹介の紙にも、「えがおのまち　さやま」と書いてある。その横には金色の丸に赤いリボンのついたシールが貼ってある。わたしが小学二年生のときに描いた絵。別の壁には、小学三年生のときと四年生のときの賞状と、小学五年生のときの漢字テストで一位になったときの担任の先生手作りの賞状、中学一年と二年のときにそれぞれ小論文コンクールの大会に出たときの写真などが飾られている。

電球が切れっぱなしになっている暗い廊下を抜け、階段をのぼって二階のこども部屋へ向かう。よく踏まれる箇所以外に埃が積もって白っぽくなっているが、もともとはダークブラウンの床板だ。

こどもにひとり部屋を与えるのは贅沢だ、ママのちいさい頃は兄と弟と一緒で自分の部屋なんてなかったんだから、というママの主張により、二階の三部屋はこのように振り分けられていた。奥のひとつは父親の寝室兼洗濯物を干すための部屋。真ん中は〝ゆきちゃんとモモちゃんのこども部屋〟、もうひとつが〝ゆきちゃんとモモちゃんの寝室〟。どう考えても、姉とわたしそれぞれにひと部屋ずつ振り分けることが可能なことはわかっていたけれど、何度交渉を試みても部屋割りは変わらなかった。

わたしは学校から帰ると、いつもそのまま〝こども部屋〟に行き、学習机の上を確認した。紙が一枚、置いてある。カバンを下ろして、上着を脱ぎ、キャスター付きの硬くて四角い椅子を引き出し、座る。紙を裏返すと、わたしの好きな漫画のキャラクターのイラストと、そのキャラに関するコメント、そして「わたしは◯◯のほうが好きかな！」という言葉が添えられていた。姉が書いたものだ。

わたしと姉はいつも、コピー用紙をつかって交換手紙のような、交換日記のようなことをしていた。どちらかが先に寝たときは、朝までに相手の机の上になにかイラストや文字を書いて置いておく。どちらかが先に家に帰ったときは、その返事を相手が帰ってくるまでに置いておく。いい漫画や音楽を見つけてはおすすめしあったり、その感想を交換したりしていた。

　姉はたいがい、主人公と人気を二分するような、少しクールなライバルキャラのような少年を好きになっていることが多かった。わたしはいつも端っこからそっと見ているような、存在感のないただやさしいだけのようなキャラクターを好きになることが多く、漫画雑誌で行われる人気投票企画などでは姉の好きなキャラクターはいつも一位か二位、わたしの好きになるキャラはひどいときは圏外だった。姉がプレイ開始時に選ぶポケモンは、わたしがひと目見てこれだけは選びたくないなと思う媚びた感じのかわいらしい姿のものだったし、わたしがすばらしいと思う曲の歌詞を熱弁してもピンとこないようだった。だけれど、姉はそれを否定はしなかったし、わたしがたいがい生意気なことを言っても怒られることもなかった。互いのことを好きで、仲がよかったのだと思う。

　学習机の鍵つきの引き出しを開けると、丸めたあとに上下に潰され折り曲げられ、ちまきのようになった画用紙や、何度も折りたたまれたテスト用紙が入っている。階段の下から、ママの声がしはじめる。わたしはカバンから、今日返却されたテスト用紙を取り出し、またちいさく折りたたんで引き出しの奥に押し込んだ。A評価だった読書感想文、九〇点台のテスト、あのちまきになったクロッキー画は描き上げたあと先生に呼び出され、美大を受験しないかと告げられた日のものだ。

わたしは中学三年くらいの頃には、評価の高かった成果物を誰にも見せずに机の奥に隠すようになっていた。

ママがゴン様にお礼を言う姿を見るのも嫌になっていたし、なにより、それを姉にも聞こえる場所で言うのがことさら嫌だった。姉は勉強をさぼっているわけでもなかったし、絵を描くのはわたしよりも好きだった。文章を書くことも好きだったようで、夜遅くまで机に向かってなにかを書いているときもあった。母がわたしのことを褒めるたび、姉の顔は曇った。ふとした会話の中でも、わたしはモモちゃんみたいに頭良くないから。わたしはモモちゃんみたいに絵が描けないから……。と、申し訳なさそうに自虐するようになり、交換手紙の中のイラストもだんだんとちいさく描かれるようになって、「わたしよりもモモちゃんが描いたほうがいいので描きません！　笑」と添えられている日もあった。

「どうしていつまでも下りてこないの⁉」

徐々に大きくなったママの声にはっとして、わたしはカバンを閉じ、引き出しを閉める。階段を下りる前に、腕を上げ、身体のにおいを確かめる。今日も汗をかいたし、体育もあった。途中で少し雨も降った。自分だと、一生懸命嗅いでみても、においがあるのかわからない。汗をかいたら拭くようにしているし、お小遣いを貯めて買ったボディ用のウエットシートも使っているし、これ以上できることはないのだから、あとは気づかれないようにするしかない。

汗をかかないように身体の動きを最小限に意識しながら階段を下りてリビングのドアを開けると、ママが身体を半分こたつに入れたままこちらを見ていた。そして、

「もう、なんでモモちゃんは毎日帰ってくるたびに、そんなに雑巾みたいなにおいになるのお？」

と笑う。頭皮の毛穴からどっと汗が出る感覚がして、今日もだめか、と思う。

わたしは、

「ごめーん、体育あったし、汗かいたんだよ。臭いよねえ」

と、いつもどおりへらへら笑う。ママは、

「ママなんか一週間お風呂入ってなくても、臭くならないのに。モモちゃんはパパ

に似たんだねえ」

　と言いながらポテトチップスを口に運んでいる。

「早くその雑巾臭い服、洗濯機に入れて。脱いでからじゃないとこっち来ちゃだめだよ」

　テレビの韓国ドラマでは、雪の中で男女が強く抱きしめあっていた。

「ママはあんな臭いパパと血も繋がってないし他人だけど、あんたは血が繋がったお父さんなんだもんねえ」

＊

　いつからだろう。わたしの自我が生まれるずっと前からだろうか。この家にはママがつくった設定があった。

〝ママはかわいくてやさしい。パパは臭くてうるさくてわがまま。姉のゆきはやさしくていい子で、友達がいっぱいいる人気者で、ママ似。勉強はできないけれど、心がきれい。妹のモモはいつもわがままでマイペースで、内気で友達が少ない。勉強ができるけれど、音痴。パパ似で、臭い〃。

日中のほとんどの時間、子育てにまつわるほとんどすべての責任を負っていたママによって、それらのキャラクター設定は繰り返し説かれ、わたしと姉は幼少期、ほとんどそれを鵜呑みにしていた。

実際の行動や状況がどうであれ、ママというフィルターを通ると同時に、そのキャラクター設定に搦《から》め取られていく。姉が中学でいじめにあって不登校になったときもママは姉がクラスの人気者であることを疑いはしなかったし、自分自身に対しても、いくら怒鳴っても不機嫌になって数時間黙りこくっても、少し時間を置くとまた、ママはやさしくてかわいいでしょう？　と曇りない顔でわたしたちこどもに尋ねるのであった。

それゆえわたしの日常は、「わがままでマイペース」らしい自分を一秒ごとに罰することが前提だった。

学校の下校時に毎日ゴミ拾いをしたり、クラスで誰かがいじめられていると噂を聞くたびに加害者を呼び出し話し合いをしようとしたり、その結果、加害者に「もうやめます」と言わせては、翌日また同じことが起こりまた問い詰める、といった行動を繰り返したり、教室中の生徒に無視されている担任教師に休み時間のたびに話しかけに行ったり、とにかく見えている範囲に理不尽な思いをしている人がいたらその人の味方をするために走った。そんなことがなんの足しにもならないということにだって薄々気がついていたけれど、なにもせずにいるよりは、少しは心持ちがましだった。思い出せないくらい昔から、寝ても覚めても、学校にいても家にいても、なにかに追われるような感覚が抜けず、なにをやってもだめだった。せめてなにかのために、せめて「やさしい」ことをしていないと、生きていること自体が許されないかのような強迫観念にかられていた。くたくたに疲れ果てていた。

休日に出かけたショッピングモールで流れていた曲を好きだと思い、そっとCDを売り場で眺めているのをママに見つかると、

「ママと音楽の趣味合わないのね。そんなへんなの聴くようになったの？」

と言われるので、すかさず、

「ぜんぜん好きじゃないよ。ママと趣味いっしょ！」

と目尻を下げ、口角を上げて元気に聞こえる声色で答える。ママとパパが喧嘩し

て家中が殺伐としているときは、わざとコップをひっくり返してみんなで片付ける流れにしたり、テーブルの上に載った冷凍からあげを大袈裟においしがって食べたりした。それらのことをすべて、悲しいとか、居心地が悪いとか、そういったネガティブな感情を自覚するよりも前に行動に移していた。そして行動に移してしまったあとは、もう「悲しい」になろうとした気持ちは、白砂糖のように溶けてなくなっているのだった。

〝自分がどうしたいか〟を自分に問うことを、自分自身に許していなかった。常に、どうすれば「いい人」「わがままじゃない人」になれるのかだけを考えていた。それが芯を食う意味での「いい人」ではなく、とにかく今この目の前にいる人にとっての意味に過ぎないこともわかっていた。それでも、四六時中夢の中でさえ、いい人になるにはどうするべきなのか、自分に問い続けていた。いい人。やさしい人。わがままじゃなくて、マイペースでもなくて、他人のために生きられる人。目につく限り、思いつく限りを実行しても、今日もママは「わがままだもんね」と笑っている。笑われているのだから、足りないということなのだ。

もっと、自分をすり潰さないといけない。その意識だけがいつも、わたしを突き動かしていた。

＊

中学で配られた進路調査票の第一希望に大真面目に「いい人」と書いた一五歳の夏、学校に行けないままの姉が二階の〝こども部屋〟から激しい音を立てるのを、ママとふたりで聴いていた。

勉強机にハサミを突き立て、何度も、何度も振り下ろす音だった。

ママは恐れと嘲笑の混じったような歪んだ笑みで、

「あの音なんなんだろう？　怖いんだけど」

と言いながらわたしの腕をさすっていた。

ずいぶん前からのことで、これがなんなのかわからないということは、ママはしばらくこども部屋に入っていないということなのだろう。

わたしは、半笑いで「こわーい」と言って腕にまとわりつくママをやさしく剥がして、階段をのぼった。コンコン、とこども部屋のドアをノックする。「ゆきちゃん&モモちゃん」と書かれた木製の、薄いピンクのプレートが揺れる。家の形になっていて、右端にハローキティが片手を上げて立っている。しばらく待つが、返事がない。

音を立てないようになるべくなめらかな動きでドアノブをひねり、ドアを引いた。部屋の奥、わたしの勉強机と背中合わせになるように置かれた机の前に姉は座り、ハサミを強く握って机に突き立てていた。伸ばした前髪がかかって見えない顔のかわりに、薄いグレーのショートパンツから伸びたふとももに何重にも赤い線が引かれているのが見える。わたしより白く肉付きの良いももが切り込まれ、引き裂かれた谷から赤黒い血が流れ落ちる。血は、液体と固体のどちらでもあるように質量をぷるんとたたえている。ふくらはぎのほうまで流れていく途中でグミのように固まって止まってしまった赤い血が、こちらを見ている。

小学六年生ではじめて生理が来たとき、赤黒いゼリーのようなものがトイレットペーパーについて、この感じならばママに言わなくてもごまかしきれるかもしれない、と目論んだことを思い出す。
体育館で女子生徒だけを集めて行われた生理についての学習会でもらった、ロリエの薄緑色のナプキンを机の鍵つきの引き出しから出し、股をよく拭いてからショーツにつけてみた。ママに言わずとも、なんども拭きながらこのひとつのナプキンで乗り切ろうと思った。結局その日の夜のうちに、ショーツと布団に赤黒いシミをつくってばれてしまい、怒られたうえ、赤飯を炊くかどうか問われて青ざめたのだった。ああ血が水じゃなくて、すばやく固まるぬるっとしたへんな液体で助かると思ったのに、あんなに赤いからばれてしまう。透明だったらよかったし、アルコールランプの中身みたいに、こぼしたらすぐに揮発していってしまえばよかった。

お姉ちゃん、それればれるよ。ばれて屈辱的な思いをするのは目に見えている。切るなら、机でも、皮膚でもなく、見えないものを切らないといけないんだ。わたしは隣にあるパパの寝室兼洗濯物干し部屋のようなところから、黒地でゆったりとした、ユニクロ製のスウェットパンツを持ってきて、姉に渡した。そして、そっと一階に降りて、ゴン様が約三分の一を占めている和室のタンスの上から救急箱を下ろ

し、消毒液と、ガーゼと、包帯を取って服の内側に丸めて隠した。リビングのママが、

「なにしてんのー？」

と、呼びかけてくる。

ちょっと、ささくれ切れちゃって、絆創膏！　と答えて、そそくさと二階に戻る。階段をのぼるとき、視界がぐにゃりと歪んだ。頭から血の気が引いて、一度、足を止める。階段の途中にあるすりガラスの窓から、曇りの日の白い光がわずかに見える、窓辺に置かれた木製のネコの置物が目を細くして笑っている。姉のふとももに描かれた何本もの赤い線がフラッシュバックする。服の中に隠したマキロンがおなかあたりを冷やしている。ふいに鼻がつんと、頭の奥のほうから緑色の電流が先端に向かってかけめぐったようにしびれる、涙がこぼれ落ちてくる。ああ、泣くなんてなににもならないことにエネルギーを使うのって最悪、こんな暇があるならたったひとつでも、姉がふとももを切らなくてよくなるような魔法の言葉を探してくればいいのに。と、本気で思う、思えば思うほど涙がこぼれて、鼻をすする音がリビングで寝転がるママに聞こえないよう、つま先立ちでそっと、階段をのぼる。

姉はさっきの姿勢のままハサミに体重をかけていた。わたしは両目と鼻の穴から液体を絶え間なく流しながら、おなかから消毒液とガーゼと包帯を取り出し、姉のふとももを消毒していく。涙か鼻水かどちらもなのか、生ぬるい透明の液体がふとももに落ちると同時に姉がわたしの顔に気がつき、きっと真っ黒だったであろう瞳に少しだけ光を入れ、動揺する。

「なんでモモちゃんが泣くの?」

と、言っている途中でだんだんと、姉もようやく、泣き顔になる。

わたしは、うう、ぐうう、と動物のような声で嗚咽《おえつ》しながら、消毒を続ける。流れ落ちたまま固まっている血を、ガーゼで押さえ、ぽろりと取れるまで軽くゆすった。

「お姉ちゃんが痛いとわたしも痛いから」

出てきたのはそんなありふれた言葉で、その意味を姉はわかっていない顔をしていたし、消毒なんかしたってべつに傷の痛みは変わらない、結局は自分で治すしかないのだということもふたりともがわかっていて、治ってほしいと望んでいるのはわたしだけで、姉はこれが治りきる前にきっとまた新しい傷をつくるだろう。脳神経がちぎれそうだと思った。言葉を探しすぎて、見つからなくて苛立って生まれてこのかたずっと見つからない言葉に苛立っているわたしは、この家ではわがままでマイペースな妹で、ここでぼろぼろになっている、たった二年早く生まれただけのこどもは、やさしくて美人で人気者の、クラスの男の子たちからモテモテの姉だった。リビングからは韓国ドラマの大袈裟なサウンドトラックが漏れ聞こえてくる。

机に突き刺さったままのハサミが、ぐらりと揺れて、倒れる。

＊

「はるか」

ようやく訪れた真夜中に、わたしは〝彼女〟に話しかける。

彼女はわたしの世界に漂う、いちばん古い友達だった。張り裂けそうな夜ごとに、見上げる夜空とわたしのちょうど中間地点に現れて、ただ話を聞いた。

「ねえわたし、わたしがこの世界でなにか違っているのだとしたら、それはママやパパのせいではないと思うの。ただこの世界には人間の目では見えない高次元の引力が存在して、わたしの魂が身体ごと、そちらのほうへ運ばれているだけ。へんだなって思うことに、なにも感じないでいるというふりが、もうできなくなってきただけ。

だけれど、わたしほんとうなんだよ。ママの言うこと全部に、うん。そうだね。って、心から言いたかった。だけど言いたくなくて、でも言いたくて、そういうとき、どうしていいのかわからなくなるんだよ」

そうして揺れるカーテンを見ていると、ひとつの言葉が降ってくる。それは彼女の常套句で、わたしはいつも、それを聞いてやっと、眠りにつく心の準備ができるのだった。

＊

毎朝、耳もとにぴたりとくっつくように置いた目覚まし時計の鳴り響く音で目覚める。頭ががんがんと痛み、左手で勢いよく顔の真横を叩く。音は止まるが、その程度では起きられない。まぶたに文鎮が置かれたように重く、五分ほど意識を落下させたのち、スヌーズで再び轟音が鳴る。そしてまた、左手で顔の真横をばちんと叩く。音が止まる。気を失う。

遮光カーテンの隙間から色もにおいもない朝の光がかすかに主張し、肌を撫でるが、そんなことでは重力に勝てず、また意識を手放す。それを数回繰り返し、ようやく鉄製の首をぐんと引き上げ上体を起こした頃には、時刻はたいてい八時三〇分を過ぎていて、これからではどうやっても始業時間には間に合わなくなっている。

隣には、巨大なおにぎりのようになった布団の塊がある。端から、黒い髪が束になって発芽米のように生えている。姉である。一応、ゆさゆさと身体を揺さぶって、起きる気があるかどうかそれとなく聞いてみるけれど、無理に起こすことはしない。

階段を下りて居間のドアを開けると、テレビの前に鎮座したこたつに半分埋まるようにして、今日も母がいびきをかいて眠っている。

「ママ、ママ、起きて、今日はお昼どうしたらいい？」

そう聞くと、薄くやまなりに生えている眉毛を眉間にぐっと寄せながら、しばらく無言で考えている。そしてごく低い声でかすれながら、ぎりぎり聞き取れるくらいの速さで答える。

「ママへんな夢見てたの。モモちゃんが学校でママを追いかけてきて、ナイフ持ってて振り回してて。怖いんだよ。心臓止まるかと思った。モモちゃん、怖いことしないで。いきなり起こすからびっくりしたじゃない」

薄く開いた目をぴくぴくと動かしながらそう言って、そして、また眠ってしまう。

時計を見て次のバスに間に合わなくなることを察すると、冷蔵庫からカニカマを、インスタント食材が積まれたカゴの奥から薄皮クリームパンと書かれた四個入りの菓子パンを掴んでカバンに詰めた。家の鍵は持たされていないので、家を出るときは母を起こして鍵を閉めてもらわなければいけない。玄関を出てからいちばん近いバス停まで三分。次のバスは五分後。すぐに家を出られる格好になってから、母の身体をふたたび揺さぶる。

「起きて。ママ。わたし遅刻してる。もう今月五回目になる。怒られちゃう。一限また出られない。体育途中からだと、どこでやってるかわかんなくてすごく困るの。

ママ。起きて。鍵閉めるだけでいいから。ねえ、お願い、ママ起きて。すぐまた寝ていいから。ねえ、起きて。バスが出ちゃう」

揺すっても、揺すっても、ううん、と唸るだけで起きない。

母の顔はいつも青白い。青白くて浮腫《むく》んでいて、顔の周りに薄灰色や群青色の気体のようなものが見える感じがする。それらはうすぼんやりと重たく、実態のない重力そのもののように母の浮腫んだ身体を座椅子や座布団に押し付けている。

起きられないのだ。起きる気がなく、起きたいとも思っていないまま眠った人は、朝になっても起きることができない。薄青くふやけた寝姿を見ていると、よくわかった。

この家の中で、わたしは幸運だった。何度か目覚ましを殴れば無理やりに身体を起こすことができたし、急いで階段を駆け下りることも、バスの時間を気にしながら歯を磨くこともできた。まだ、起き上がることができる。たとえ今の時点ですでに周りの高校生の子たちからは何周分も遅れていても、今この瞬間も乗り過ごしそうなバスに、乗ることができる生徒たちよりもずっと最悪でも、まだ、身体が動く。まだ、声が出る。自分の主張のために、母の身体を揺さぶる元気がある。

時計の針がバスの出発時刻を通り過ぎた頃、母はもぞもぞと起き出した。

「鍵、閉めればいいんでしょ」

と、低い声で言いながら、揺れるようにして立つ。わたしは母の苛立ちを聞き取らないように心をすばやく閉じながら、

「このカニカマとパンもらうね!」

と、急いでカバンの中身を取り出して見せ、家を出た。

＊

そう、わたしは幸福だった。教室についたときには誰もいなくて、急いでジャージに着替えて校庭じゅう、裏のテニスコート、そして体育館とクラスのみんなを探し回っているうちに一限が終わって、戻ってきたクラスメイトたちに、また遅刻かよ、遅刻キングだなーと冗談交じりに笑われても、えへへと笑えた。それが無邪気なからかいで、悪意はないとわかっていた。

自分の暮らす家のディテールは、自分以外の人にはまるで関係がないものだから、ただの脳天気な遅刻魔だとキャラ設定されている教室の中にいても、嫌な気持ちにはならなかった。

わたしは幸福だった。

現代文の教科書で「舞姫」や「キッチン」などの小説を読んでいるうち、明朝体がほどけてそのまま映像が目の前に投影された。それは五メートル先の黒板の文字よりもずっと確かで、触って、香りを嗅いだり、湿度を肌で感じることができた。日本史や世界史のテストは教科書を一回ずつ読めばさまざまな人物の思惑が物語になって焼き付いて離れなくなって、心の中を歴史上の戦がずたずたに切り裂いていった。煙がのぼり、皮膚が裂け、血が流れている感じがした。傷つくぶんだけよく覚えられた。

午後の授業はまどろんだ。薄く開いた窓からわずかに吹き込む風が、白いカーテンを揺らし、それだけで自由だった。この窓の外に、はるかに世界が続いているのだということを、いつも、いつでも知っていた。

毎日、毎日、この世界にまだ知らない美しいものがあることを知っていた。今この手の中になくとも、自分以外の全員が、「そんなものはどうせないのだ」と言い張ったとしても、もっとはるか昔から、この身体が人の形に育つよりも前から、それはある、ということだけを知っていた。

そうしていつも、真夜中を待つ。

深夜二時くらいまでテレビを見ている母に言葉ばかりのおやすみを言い、すでに寝静まっているゆきの身体の上をそうっとまたぎ、音を立てないように、月明かりが姉の顔にかからないように、最新の注意を払いながら、カーテンの中にもぐり、窓を開ける。

はるかはそこで待っている。

お風呂上がりの火照《ほて》った頬を夜風に当てながら、それが冷えきるまでのあいだ、わたしたちは話し合う。

はるかの身体を透かして見据える、あの黄色い丸が今日のゴミ箱。声を出したら誰かに聞かれてしまうから、わたしはそっと、目の前に透明なレターパッドを置く。

それからそっと、透き通ったペンを持つ。

「今日は今月五回目の遅刻をした。一限が体育の日の遅刻は最悪。だけど体操着、洗うの忘れてて、朝急いで洗濯カゴから探していったから、もし着て体育していたら臭いと思われたかもしれないし、逆によかったかも。先週は体育の先生に、わたしの走り方を真似されて、この前教科書を貸してくれた松本くんも、テニスでペアを組んでくれた萌ちゃんも笑っていたから、ちょっと嫌だった。いない場所でばかにされてるのかもしれないけど、今日はいなかったから、知りようがないし、よかったのかもしれないな。

席替えがあった。窓から二列目の、後ろから三番目。けっこういいかも。左隣は山下くんという男子で、大きめの身体を内巻きにしてちいさな文庫本を読んでいる。わたしは本を一冊全部読みきったことがほとんどないから、羨ましい。山下くんの家には、漫画じゃなくて、文字だけの本がたくさんあるのかな。

帰りに図書室に寄ってみて、宮沢賢治の、銀河鉄道の夜を借りた。これまでに読みきれた貴重な本。それをさっきこたつで読んでいたら、ママに「宮沢賢治読んでるの？　あの人、日本語へんでしょ、頭おかしい人のだから、読んじゃだめだよ」

と、言われた。そう言ってるママの後ろにある本棚には、「食べてはいけない食べもの50」とか、「紅茶キノコ健康法」とか、「本当は恐ろしい家庭の医学」とか、そういうタイトルの本が並んでて、わたしは言い返しちゃった。

それで怒らせちゃったから、また、カミソリ買ってほしいって言えなかった。プール開きはもう来週なのに、どうしよう。前に言ったとき、ママが昔カミソリで毛を剃ろうとしたら、間違って皮膚が切れてしまって、雑菌が入ってひどく腫れたから、あなたは剃っちゃだめだよ。って言われた。でも、プールが始まったら、全部見学なんてできない。水の底って好き。青いのは、プールの内側のペンキの色の反射かもしれないけれど、水面を見上げたときの何万色もの色合いが、君と話すときの心の光に似ているよ」

はるかはずっと、話を聞く。月の光が彼女の身体を透かして、わたしの目の奥まで照らす。わたしは頬を躍動させ、ちいさな声で歌を歌う。こんなこどもだましは観てはだめ、とママに途中でチャンネルを替えられてしまったから結末を知らない、オズの魔法使いの主題歌。

はるかは、わたしがいくら自分のことを幸福だと歌っても、たったひとつ、どんな夜でも、同じ言葉を言うのだ。

夜風に決してあらがわず、だけれどなににもへし折れず、目の奥の宇宙にやっと、溶け出すように凛として。

「ほんとうに、そうかしら？」

常識や慣習や、他者の感情や支配によって、大きな壁が立ち現れ思考の足取りを止めざるをえなくなったときに、壁も足かせもない高次の透明な空間より、聞こえるように言葉を吐く。そうしてわたしたちは誰にも言わずに、透明な階段をつくるのだ。

わたしは裸足になっていつもそれをのぼった。一段のぼるごとにもう、足もとから消えていくその階段は、わたしたち以外の誰にも見えない芸術だった。ほかの人からもし見たら、今のわたしが無根拠に空を飛ぼうと足掻《あが》いている愚かな娘に見えていることもわかっていた。だけれど、この足の裏には、たしかにそのひんやりとして磨き上げられた段を踏みしめる感触があった。すべての地面は、どんなにきれいに掃除されていても、きっとその足の裏で一歩踏みしめるごとになんらかのちいさな生き物が死んでいる。それが心底おそろしくなって、自分はここから一歩ももう動くことができないとうずくまった夜が何度もあった。

電車に乗ろうと家を飛び出しても、涙を見られないように帰宅を遅らせても、友人に話しかけても、テスト用紙が返却されても、地区の会合を断っても、すべての瞬間に、なにかを踏みしめて殺してしまっているような罪悪感があった。だけれど、この階段をのぼるときだけは、足の裏と階段のつるつるとした表面との間に、ほかにはなにも、なかった。

誰のことも侵さずに、壁の向こうを見た。そこにはほかの生き物はいない。はるか遠い地上に人々の命がうごめいていて、それは遠いぶん、ただの多様な光の粒の移動、交錯、営みのようにしか見えず、美しかった。わたしは、涙を流した。わたしたちは世界でいちばんさみしくて、幸福な生き物なのだと、思った。

そう、ふたりでいた。ほかにはなにも必要ではなかった。わたしたちはひとつの身体を、ふたりでやわらかに乗りこなしていた。わたしは、苛立ちも苦しみも違和感も、羨望も絶望も虚無も、本音も弱音も、なにひとつ他人に話す必要がなかった。

ずっと黙りこくって、余計なことはなにひとつ言わないで、すべて飲みこんだふりをして自分以外の人の気持だけを優先することが概ね可能だった。それでも平気でいられたのは、こうして夜、わたしがはるかのためだけに、はるかがわたしのためだけに、わたしたちがわたしたちのためだけに、透明な対話をしたからだった。

そして、その透き通った言葉の語ることはすべて、空にぽっかり開いた黄色い穴や、星々が知っていた。月も、夜の暗さも、カーテンの埃っぽいゆらめきも、わたしの心のためにあるのだということを、どんな夜でも知っていた。

＊

自分のことをこの世界の主人公なのだと強く自覚したのは、異次元のゴミ箱だった月が、赤く光った夜だった。その日は皆既月食で、太陽が地球の真裏にくるとか、金星の極大と重なるだとか、なんの条件だったかは忘れたけれど、とにかくいくつかのめずらしい条件が揃う月食は、この次は二〇〇年後だとニュースで言っていた。

わたしは高校からの帰り道、お～いお茶の俳句大賞に、『オレンジの月ついてくる

ついてくる』という駄作を偽名で投稿し、どうせなんにも引っかからないということを確信しながら、空を見上げた。だけれど、ほんとうについてくるのだ。異様な引力をもってこちらを見ている。

月が赤いせいで、それ以外のものもすべてがものものしく見えてくる。家の最寄り駅よりもひとつ手前の駅で降り、歩いて一五分くらいのところに広い川がある。途中の自動販売機でジャスミン茶を買って、飲みながら歩いていた。川面に映ったオレンジが、黒い水と拮抗しながらぐにゃりぐにゃりと歪んでいる。ナントカ大橋の柵に肘を付きそれを見下ろしていると、橋の下のほうから、歌が聞こえてきた。ギターと、喉を閉めたままわざと鼻にかけたような、か細い声だった。

しばらく聞き耳を立てて、それから、ふう、とため息をついてみる。ほんもののジャスミンの香りを嗅いだことはないけれど、たぶん花の香りの息を吐く。月がさっきほどは大きくなくなり、かわりに深みを増しながら、端からどんどん欠けていた。

わたしはそれを横目に見ながら、まるで足もとを見ないまま階段を下りていき、最後の二段でちゃんと踏み外し、ざらりとすべり、なすびのようにしなりながら落ちた。地面は土と雑草で、雨も降っていないのに冷えていて、橋の下は空よりも暗い。揺れながら近づいたシルエットは、見覚えがあった。

「だいじょうぶ？」

歌をやめて、わざわざそう言ったのは、中学校で非常勤講師をしていた男だった。わたしはスカート越しに地面の湿り気を感じながら、耳に神経を集中している。ファジーな弦楽器みたいにしなって、たぶん、いじわるな人が聞いたら摑みどころがないとばかにされそうな声。こんな声だっただろうか。あの頃は、声なんかあんまり聞いたことがなかったかもしれない。ほとんど教室の後ろに立って、少し見回ったりするだけだった。そう考えているうちに肌のほうまで冷たさがじっくりと伝わってきてしまい、ようやくお尻を上げた。不格好によろめきながら立ち、ためしに「先生」と、言ってみる。

この喉から出た声に、薄桃色の掠れを感じたのは、生まれてはじめてだった。

おもしろいから、もう一度呼んでみる。

「先生。先生、わたし、前に学校で会ったことあるの。知ってますか？」

そう尋ねると、先生は黒い8ホールのドクターマーチンを履いた脚を大きく二歩

進めて、わたしの顔をぐっと近くに覗き込み、目を細めたり開いたりしてから、

「ああ！　覚えてるよ。作文のうまい子でしょ」

と、言った。

作文のうまい子。絶対わたしだ。覚えているふりじゃない。わたしのことだ。なにかがこみ上げる感覚がして、つい脇腹あたりに手をやり、圧迫感をこらえる。頬が焼きりんごのようになる。手のひらから汗が噴き出ているような気がして、確かめようと指の関節をよじったせいでペットボトルが落ちる。二回転半くらい転がってマーチンのつま先にぶつかったそれを、彼は、拾い上げてラベルを見た。そして、それをこちらに差し出し、くく、と音を立てて笑い、

「ジャスミン茶。似合うね。ジャスミン茶」

と、言った。


わたしは花だった。この人の前に立つと、わたしは自分が月明かりに照らされる一輪の白い花なのだと自認した。わたしの身体が人間のそれであること、手足があって長い黒髪が見下ろしても胸もとに流れていること、今まばたきをしたという

ことは、まぶたとまつげがあるということ、そういう事実はある次元ではないことと同じだった。そう、とある別の次元では、わたしは花だ。思い上がりだろうか、と行きすぎた空想を制御するふりをしながらも、心は、困っていた。どう見たって、ほの明るく光る花を見ているときの目をしていた。

彼は口数の異様に少ない中学教師として数学を教えている傍ら、SoundCloud に音楽をアップロードしていた。

はるかに話しかけ終わった深夜一時、赤いイヤホンを携帯電話に繋ぐ。駅の近くのＧＥＯで買ったオーディオテクニカ。閉めた窓越しに外の暗さを見ながら、音楽を聴いた。

家で録ったのだろう。音がトレーシングペーパー越しに見るように白く濁って、それは冬の夜空のように透明であることよりもむしろ、清潔な感じがした。去年のクリスマスにはクリスマスソングのカヴァーを、ねこのひげをはじくようにしおらしくぽろり、ぽろりと歌い、夏には哀しい歌を、冬にはさみしい歌を、春には別れの歌を、秋には追憶の歌を歌っていた。歌詞はわかるところとわからないところの両方があったけれど、それまでに聴いてきたどんな歌詞や、絵本や、小説や、詩や、テレビドラマのセリフよりもずっと、なんのことを言っているのかすんなりわかった。

生まれてはじめて、冷たい水を水道から勢いよく出しながら、あふれんばかりにコップに掬《すく》ってごくごくと飲み干すような感覚だった。これまで覗いた井戸はすべて枯れていた。無理やり掬おうとすると泥水が引き上げられて、それでもこんなわたしにはちょうどいい、と納得するふりをして飲み込もうとし、吐き出した。ずっと口の中がそのせいで、砂利を噛んでいるようだったけれど、透明の水をがぶ飲みしていたらその気持ち悪さもやがて薄まった。ひねると絶え間なく水のあふれる場所があることも、銀の蛇口のフィルム写真のような光り方も、わたしはずっと知らなかった。ざぶんと水に沈んでいくように、ギターの音と、結露したガラス越しのような鈍く光る声を、脳内に満たしながら眠った。

ある夜、夢を見た。先生があの河川敷で、ジャスミン茶の物語の続きに、もう一歩ぐっと近づいて、わたしの手首を摑む夢。そして、

「覚えていますか」

という問いに、

「覚えているなんてものじゃない。君を、ずっと知ってた」

と、言ったところで目が覚めたのだった。

いつものようにスヌーズを叩くように止めた。これはまずいぞ、と思った。


次の日の夜も、夢を見た。ちいさな頃連れて行かれたことのある旅行地の中でいちばん好きだった、伊豆にある、はるかな丘の上。すすきが揺れて、黄金の陽を散らしている。眩しいほうへ歩いていくと、人のシルエットが見え、逆光のまま彼が歌う。懐かしい歌。目覚まし時計は、鳴り出すときまであと一時間半を余剰していた。

三日、四日、五日、と過ぎ、七日七晩が経った頃、とうとう泣きながら目を開けた。天井の角に貼られた蓄光の星形シールが今にも闇に還りそうに頼りなく光る。それ以外の光源はない、完璧なる真夜中だった。水道の蛇口をひねると、そこから銀色の水が勢いよく飛び出して、りっぱな竜が飛び出してくるようにあふれ、そのまま撥ね返った水が見える限りのそこらじゅうに飛び散り、胸もとから顔までをもびしょ濡れにし、すべて銀色にひときわ光った。

まぶたをぴくぴくとさせ、暗闇に帰ったわたしの耳に、声が聞こえた。

「君は、恋をしている」

今日でパーティーはおしまい。結論が出たから。

わたしは、恋をしてしまった。

*

とにかく、恋は最悪だった。寝ても覚めてもずっと目眩《めまい》がしているようで、寝た気もしないし起きた気もしない。バスの時間よりも、昼ごはんの所在よりも、財布を持っているかどうかよりも、母親の機嫌よりも、今日の天気よりも、優先しなければいけない思考がある。ずぶ濡れで歩き、バスに乗り遅れ、タオルを買おうとコンビニに入ってもなにを買いに来たのか思い出せない。目に入るあらゆるものに、恋が差す。窓の外を通過するバイクの音や、手に取ったホットドリンクのペットボトルの透き通る黄色、レジを打つ店員の眉毛の角度、外に出た瞬間差してきた陽、ああ、光も雨粒も、反射する水たまりのわずかな揺れ方も、しずくを垂らす街路樹の少し曲がった佇《たたず》まい、影、遠くのこどもの声、チャイム、前髪がはりつく絶望も、恋のせいだった。なにもかもわからない。だけれど、なにもかもがまっすぐこちらを向いて鮮明に迫ってくる、息を止めていることも忘れるほどくっきりと世界がわたしを見つめていた。内臓や、手や指や、脂肪もはじめからなかったように、わたしはこの見事につくりこまれたスワロフスキー・クリスタルのような世界にひとつ真っ赤に浮いた心臓だ。まつげと、眼球だけを残し、からすが飛ぶようにまばたきをした。

これまで会ったさまざまな人たちに対して、思っていたことがある。

「どうしてこの人は、自分がまるで物語の主人公であるかのように振る舞えるんだろう？」

世界でいちばんかわいそうな人みたいな態度で泣いたり他人を責め立てたり、自分の周りの人たちが自分に合わせて振る舞ってくれると信じて、それが叶わないときに癇癪《かんしゃく》を起こしたり。他人に話を聞いてほしがるわりに、自分は他人の話に興味がなかったり。

電車内で何人もの人に抱っこを求める幼児を母親が抱きかかえ、こう言った。

「誰も、あなたを抱っこするために生まれたんじゃないのよ」

そう、誰も、誰かの物語の都合のいい役になるために生まれたのでは、きっとない。


ある日の放課後、家の前のバス通りでねこが死んでいた。姉がかわいがっていた個体だった。近頃少し調子がよさそうで、少しずつ学校に行きはじめていた姉は、ねこの死体を見て以降また外に出なくなった。今この瞬間も世界中でどれだけのねこが死んでいるか、想像もしたことないくせに、直接見たものにだけ傷つくんだ。と思うと、なんだかずるい人を見ている気持ちになった。ねこだけじゃない、今この一秒にもほんとうに数えきれない生き物たちが死んで、同時に生まれて、その生涯、誰にもそのすがたを見られないまま消えていくものたちがきっといる、なにも、計り知れなどしない。

そして、また学校に行かなくなった姉を見て、母や父は当然のように自分が被害者だというような顔をした。娘がちゃんと育ってくれなくて哀しい。わたしたちはかわいそう。いらいらする。そういう感情が食卓のテーブルの上に滲《にじ》み広がり、もう一ヶ月まったく同じ具合に並んでいる冷凍からあげさえ、不気味でいやらしい歪んだ置物に見えた。

彼らのことがほんとうにわからない。なんとか理解して、彼ら彼女らの機嫌を損ねたり必要以上に悲しませたりしないように、彼らが望むそのひとつひとつの物語の、望まれた端役をしようとつとめてきたけれど、こうしてなにかが起こるたび、彼らから表出されるリアクションのすべて、彼らの起こす行動のすべて、他人に望むことのすべてが、あまりにも不可解に思えた。

しかし、今やわたしも、自分のために自らオーダーメイドした物語に飲み込まれてしまったしがない主人公にすぎない。すべてのものは、わたしのこの完全な物語を彩るためにある。

これまでの苦痛も、やりづらさも、言われた嫌な言葉も、不得意さも得意さも、凡庸さも特異さも、すべてが決められたことのようだ。ひとつひとつの出来事には意味があり、わたしがこの状況に面しているということは、ここからいったい、どんな真実を受け取り、それをあのことのためにどう使うのか、という実験であるかのように思えた。あのこと、とは、この愛のこと。出会って、まばたきをして、寝て起きてを繰り返したら胸の中に息づいてしまった、真っ赤なこの生き物を、わたしは「愛」と呼ぼうとしていた。

「先生へ。お元気ですか。お元気ではないときもきっとあなたはとてもいいのだということを忘れないでいてくれたらうれしいです。わたしはというと、いつも帰り道、橋を渡るときにその真下にいたわたしたちのことを思い出します。何度も何度も、毎日、歩きや自転車やバスで、あの日のわたしたちの真上を通り過ぎる。あなたにとっては大したことではないかもしれないけれど、わたしにとっては、なんか、詩、みたいな出来事だったんです。詩。あなたは人間よりも動物よりも神様よりも、詩に似ているような気がします。

あなたのことが、七日七晩毎日夢に現れました。わたしは目を覚ますたびに、とても遠くへ行って帰ってきたような気がしました。小学生の頃、プールが好きで、授業がある日にはぜったいに雨が降ってほしくないな、と思っていたのですが、神様はきっとわたしのことが嫌いだから、わたしが晴れてほしいって願ったらわざと雨を降らせてくるような気がして、ちいさな声で〝雨よ、降れ〟と繰り返し言いながら登校したのを覚えています。たまたまだったとは思うのですが、それでちゃんと晴れたりすると、練習から逃れてひとりプールの隅でただ潜水しながら世界でいちばんひとりぼっちの生き物のような気持ちになりました。水中から見上げる晴れの日は水面に歪んで、こんなふうにずっと、わけのわからないまま眩しさだけに乱されていたいな、と思った。あの、水底から見るような気持ちで、わたしはあなたが登場する夢を見ていました。たった一日なら気のせいで、三日なら一時的な脳の分泌物の作用によるものです。取るに足らない。七日七晩続いたら、はじめて検討する。これが、ドーパミンの分泌ごときに騙されないコツです。

あきらかに恋をしています。今わたしには、今世紀最大の機会が訪れています。人を好きになるということの質感を。それを愛と呼ぼうとするときに生じる、苦しみや努力を。そして、わたしはすでに知りました。たった一度、誰かに心底見惚れたようなワンシーンが、それまでの苦痛すべてのひどさをかき消してあり余るほどに光るのだと。そして同時に、これまで痛みだとさえ認識してこなかった細かな傷や、意識したことのなかった孤独さえ、塩水に浸けたように痛むこと。あなたに出会ったことで、わたしは、わたしが傷だらけであったことを知りました。あなたに出会ったことで、わたしは、わたしという人間をかたどる輪郭《りんかく》を意識するようになりました。わたしはこういうかたちをしていて、それを、自分ひとりで確かめるには皮膚感覚が足りないから、あなたという人のその黒い目に映るわたしを覗き込むことで、わたしのことを知りたいのです」

＊

恋をしてから残りの高校生活は悲惨なものだった。恋のこと以外考えられなくなり、常に意識が朦朧《もうろう》として、真夜中三時まで恋にまつわる散文をノートに書き散らしてそのまま眠る。朝はさらに起きられず、学校へ走る。バスの車窓を流れる景色は粒立ってすべて眩しい。うるさく、神々しい。見惚《と》れていると、目的地を過ぎている。

授業はだいたいすべて眠りこけ、昼休みにはほかの人間の言葉を耳に入れたくないあまりに図書室へ行った。入口付近に設置された「話題作」のコーナーの、名前を聞いたことのある作家の代表作を端から摑んで読もうとしたが、たいがい一〇ページも読まないうちに頭の中の声のほうがうるさくなって読めなくなった。仕方がないから、同じ本ばかり繰り返し読む。どこにもほんとの恋が書いてない。

人を好きになってしまったということは、その恋がいつか張り裂けてしまうことの痛みを想像し続けることでもあった。そうなると、日常生活など、勉強など、人付き合いなど、できるはずがなかった。みんな、恋をしているふりしてただけなんだ。だって、遅刻せずに学校に来て、授業も受けて進路のことまで考えて、友達とも仲良くして、寄り道までして帰るじゃないか。わたしは放課後になるなり走った。とつぜんどこかへ消えてしまいたい、だけれどあと千年生きたい、そんな感情が肺いっぱいにふくらんで、息ができない。そういうときの景色は、音楽に似ていた。目に映るすべてが、詩のようだった。だけれどどこかで、わたしは詩人にもミュージシャンにもならないのだという気がしていた。それで、昼休みに図書室でめくっていた大学案内の中に見つけたのが、映像学科、という文字だった。映画はあまり観たことがなかった。正月休みに家族でイオンシネマに行って観たピクサーやワンピースの映画がせいぜいで、そこで聴いた主題歌のCDすら購入を許されなかったくらいだったから、映画に対する印象はそれほどよくはない。それでもなぜだか、映像、というカテゴリに惹かれた。移りゆく景色を追い続けながらなにもかもがわからなくなっていく様は、脳にとっては映像としか言いようのないなにかである気がした。

先生は今、隣の街の中学校に勤務しているようだった。非常勤か正規かはわからないけれど、毎週水曜にはこの公園を通る。不自然に思われないように、ひと月のうち三度の水曜は我慢をして、残りの一度の水曜に、わたしは赤いブランコに乗った。

しばらくぼうっと漕いでいると、先生が通りかかる。なだらかな肩に、夏にはフレッドペリーのポロシャツ。秋には濃茶色のカーディガン。冬には深い紺色のピーコート。ボトムはいつも黒のストレート。とても俯いている日には気づかないようだったけれど、たまに、顔を上げて歩いている。そういう日には、ちゃんと目が合う。わたしのことを見つけると一度道を戻って、公園の入口脇にある自販機からガコンと音が二回鳴る。そしてこちらにどんどんと歩いてきて、隣のブランコに座る。

自分にはブラック、わたしには微糖のカフェラテ。ほんとうはわたしもブラック無糖のほうが好きで、さらにほんとうはコーヒーを飲むとお腹が痛くなるのだけれど、この人がわたしになにかを買おうと思ったときに砂糖とミルクの入ったコーヒーを選ぶのだという選択自体がうれしくて、大好きだというふりをした。


コーヒーが空っぽになるまでの間、途切れ途切れに会話をする。

「ピアノをね、習わせてもらえないのが、ずっと嫌で。高校に入ってから、お小遣いを減らす代わりに、習えることになったんです」

「どんなの弾いてるの？」

「それが、今からバイエルをやっても仕方がないだろう、プロをめざすわけじゃないから楽しいほうがいいだろうってことで、ビートルズ」

スコアブックの表紙を撮った写真を見せる。

「うわ、おんなじの持ってる。ちっちゃい頃だけど」

「それはまあいいんですよ。音楽ってもっと才能のある人がやるべきだと思っていて、わたしはそうじゃないから遊びで弾いていたんだけど、やっぱりへたくそで。だけどなんか、週に一回、一時間、全然できないことを必死にやっていると、心が少しましになるんです」

どうでもいい話を、目を細めて聞いてくれる。黒目がひときわ黒いのだ。

「わたし、生徒会に入ってるって言ったじゃないですか。実際、空気すごく悪くて。自販機に炭酸飲料を入れるか入れないかとか、上履きをリニューアルするかとか、そんなどっちでもいいことばかり話し合ってるんですけど、確固たる自分の意見みたいなものがないと、すごく怒られるんです。おまえには自分の意見はないのか、って。反対派と賛成派両方のメリットとデメリットを出し尽くさないと話し合いにならないなと思ってどちらにも付かずにもしもの話ばかりしたら、そう言われて。あと、鼻歌歌ってたらペンを投げつけられたりとか、気のせいかな？　とも思うんだけど」

先生は、コーヒーをもう飲み終えている。だけれど、たまに口をつけて、まだ飲んでいる途中だというふりをしている。公園の四隅には、逆三角形の街灯が灯《とも》りはじめている。

「そういうのが続いていて。で、ピアノの日は少しだけ早く学校から出るんです。生徒会室の電気、つけたままで。いつもは最後の戸締まりするんですけど。ピアノ教室に行って、へたくそなレットイットビー弾いて、それで帰るとき、玄関で靴のかかとを直したりとかしていると、ピアノの片付けをしながら先生が、さっきまで弾いてたメロディを鼻歌で歌っているのがかすかに聴こえるんです。音が、か細くて。わたしは気づいていないふりをしながら、最後まで聴いていたい気持ちを抑えて、なるべく音を立てずに玄関を出る」

「完全なものって、触れたら消えちゃうもんね」

わたしは意思より早く彼の目を見る。わかるよ。と言いたげでいて、それすらも口にしないと決めているような目の開き方。わたしもなるべく我慢して、好きだって言わないように、うれしいって悟られないように、やっぱり？　って笑って抱きしめてしまわないように、口角だけ少し上げる。さりげなく見えるように制御しながら、頷く。

夏には道路の向かいのコンビニからアイスを買って、春には桜の花びらがからまるわたしの髪の毛を、生まれたての小鳥に触れるかのようにして、ほどいた。好きにならないことは困難だった。

カフェラテによって痛むおなかを押さえながら、家へ帰る。春の空気を吸い込んで、花粉に咳き込みながら空を見る。スーラの点描画。手のひらをかざして、こんなありふれた逆光さえ、彼はいつか見ただろうか、と考える。わたしたちは似ている気がする、だからわたしが歩くどんな道も、もしかしたら君が歩いたかもしれない道だから、それならどんなひどいことがこれから起こるのだとしても、わたしはきっと、それがうれしい。

*

「それで、この人とはどこまでいったの？」

恋の話をどうしても聞きたいと言ってきたクラスメイトの由加に、投函する前の手紙を見せたら、返ってきた言葉だった。由加は四つ折りしたルーズリーフをわたしに戻し、まっすぐな目と、にわかに上がった口角でこちらを見る。

「どこまでって、えっと、たまに話したり、そのとき手紙を渡してるだけだよ」

「え、メアドとか知らないの？　聞いちゃえばいいじゃん。てか、普通にデートとか行けば？　なんか、勝手に頭ん中で妄想ふくらんでるだけかもじゃん」

　さらさらと流れるようによくそんな言葉が出てくるな、と感心した。こういうふうに、なめらかに引っかからず、恋愛の話をするのが普通なんだとしたら、わたしはずっと他人と恋愛の話なんてできないのかもしれない。

「妄想じゃないよ。人ってその人とほんとうに出会ったらどういう存在なのかわかるでしょ。それが全部で、出会ってしまったら頭の中に住み着くの。わたしずっと頭の中のその人に話しかけている。それで、人を愛するっていうことを知ってる最中なんだよ」

　由加はあはは、とさわやかに笑って、ショートヘアの毛先を白い指先でつまみながら、少し気まずそうに窓の外を見る。そして、

「メアドも知らないしデートもしないって、幽霊に恋してるみたいなものじゃん」

と言って笑った。若草が風に煽られるようにきれいに。

「あなたに恋をしているのだということを同級生に話したら、ゆうれいに恋をしているみたいだね、と言われました。だけど、ほんとうのことはわたしたちだけがわかっていたらいいのだと思います。もしもあなたがゆうれいなら、わたしもゆうれいになりたいです。ゆうれいから見える世界がどういうふうなのか知りたいから。あなたは、どんな街で生まれましたか。どんな場所を旅したことがありますか。どんな本を読み、どんな音楽を聞きましたか。どんな日に詩を描きますか。わたしは、今日みたいな日です」

＊

手紙を書いていると、視線を感じた。はるかがこちらを見ていた。ただこちらをじっと見て、黙っていた。わたしが目を合わせないように俯いていると、そのうち、ぽつりとなにかをつぶやいて、消えた。なんて言ったのか聞き取れなかった。

＊

家に入る前に、ポストに顔を押し付ける。鉄製でざらざらしていて、火照《ほて》った頬がよく冷える。先生に会えた日のあとはいつもこうだ。背景で日が暮れていく。赤々とした帯をブルーグレーの雲が押し込んでいく。

リビングではいつもどおり母が寝転んでいる。父が階段を降りてきて、めしはまだか、と大きな声を出す。母は浮腫《むく》んだ身体をずり起こし、冷凍食品を電子レンジに入れはじめる。

父がシャワーを浴びている間、母はいつもどおり、

「制服臭いから早く脱いできて」

と言う。

パパがお風呂入ってるからちょっと待って、と言うと、いいから早く脱いできてママを手伝って！　と言うので、廊下で服を脱ぐ。ブラウスを洗濯カゴに入れようと脱衣所のドアを開けると、シャワーを浴び終わった父と目が合う。水滴のついた眼鏡越しに、父は笑う。

「モモちゃん、パパの裸見て顔赤くなってるの？」

と聞かれ、視界がぼうっとしていく中で反射的に、いちばん軽く聞こえる言葉を

探す。

「あはは、んなわけないじゃん！　早く着てよ服！」

なるべく明るい声色で言ってから、ドアを閉じ、二階へ行く。階段の冷たさを足の裏で感じながら、どくどくと唸る心臓を抑える、呼吸を整え、忘れようとする。せり出した腹の下に薄暗くぶら下がっていたあの伸びたゴムのような浅黒いもののことを、急いで忘れようとする。

奥の部屋から適当なTシャツとズボンを探す。姿見に映る自分が着ているのはくたびれた無地のカップ付きキャミソールと、小学生の頃から穿きつぶしたパンツ。小花柄。汗染みで変色するのは、わたしがきっと特別汚いからだろう。

中学生の頃、ショッピングモール二階の衣料品フロアで、一九八〇円のこども用のブラジャーとショーツのセットを欲しいと伝えてみたとき、「ブラジャーなんかしたら男が欲情するからだめよ。それともそんなすけべな下着着けたいの？　ママが買ってあげたキャミソールがあるでしょ」と大きな声で言われて恥ずかしくなってから、ずっとこのくたびれた数枚の下着を着続けている。大きめのTシャツをかぶり、一瞬の暗転に、恋のことを考える。ブランコなら少し隣同士の距離があるから、きっとにおいは、大丈夫だろう。

＊

「わたしが雑巾みたいなことも、よれよれの肌着を着ていることも、なるべく長く、ばれないといいな」

真夜中、はるかに話しかける。すると、少し間をおいて、答えが返ってくる。

「君は、きれいだよ。人の価値は、なにを着ているかでもどう生まれたかでもなくて、どう生きようとしているかだから」

「でもわたし、性格だってよくないよ。パパにもママにも笑われるし、怒らせてばかりだし、ゆきちゃんの気持ちを軽くすることもできない。授業は眠くて気づいたら寝てるし、何度注意してもクラスのいじめもなくならない。好きな人が俯いているときにだって、声をかける勇気もない。おもしろいこと言えなくて、なにか伝えるよりも先に、わたしなんかに話しかけられるほうが嫌かもしれないなって考える。

勇敢さと、目の前の人の気持ちが少しでもましになる魔法の言葉さえ持っていれば、少しは役に立ったかもしれないのに」

そう話していると、心がどんどんと泥の沼に沈んでいって、もうこれっきり二度と酸素を吸えなくなるような、そんな感じがした。身体と頭が重くなり、力が抜けていく。そういうときいつも、ほとんど反射のように、なにか大いなるメッセージを受信するかのように、はるかはわたしを肯定しようとする。

「この世界には毒素のようなものがあって、それがもうすっかり回りきっている人には、外側からどんなに祈っても、なにもしてやれないっていうことがあるんだよ」

彼女の言う言葉に対する返事を考えている隙にも、日々は次の泥濘《ぬかるみ》を注ぎ足してくる。日常は続く。先生はいつからか、公園に寄る頻度が減っていた。どうしてなのかがわからないから、この頭の働きが、日に日に鈍くなっている、それ自体のせいにする。もっとあっけらかんとまともに生きたら、もっと怖がらないで生きたら、もっときれいなら、もっと身体が軽ければ、もっと産毛や体毛が薄ければ、もっと肌が白ければ、もっと夢のような女の子だったら、もっと気の利いたことが言えたら、もっとすぐに役に立つような能力があれば、もっとましなら。もっとましな家で育ってまともなわたしになっていたら、怯えないで伝えたり、傷ついたり、それでもまた立ち直ったり、物語の主人公みたいに強く生きていけただろうか。

＊

一月、よく冷えた午後、机に額を押し付け、まつげの隙間から世界を見る。

校庭からは、下級生が部活動をする声が響く。薄い膜の向こうから、こちらまで拡散して届く。彼らの喉から弾け出たときにはきっと大きなエネルギー体のようだった声が、わたしの耳に辿りつくまでに、ずいぶんちいさな粒たちに分解され、隙間に無音を紛れ込ませ、まろやかにも近い色合いになる。教室の静寂には、そういう遠くからの甘い呼び声と、わたしのため息とが交互に響いて、わざとらしくて少し、いやらしい。ほとんどのクラスメイトたちは、登校日以外はもうほとんど教室へ来なくなっていた。わたしは机の中に置きっぱなしの教科書を何度かに分けて持ち帰っていた。入試は推薦で終えていた。

誰もいない教室で、イヤホンを耳に差し、よくある卒業ソングをわざと聴いてみる。冷静に記憶を辿れば、きっとさまざまなことが起こった日々だ。母に朝ちゃんと起きてほしかったのも、父に学費を少しでも協力してほしかったのも、姉の自傷を止めたかったのも、友達にもう少し心を開きたかったのも、誰かひとりにでも思ったことを思ったままに話してみたかったのも、遅刻しないで授業を受けたかったのも、誰かと手を繋いで恋人ロードを歩いてみたかったのも、きっと本心だった。だけれど、わたしはもはやそれらすべての現実的な事象について、真剣に考えることがすっかりできなくなっていた。自分以外の誰かのためになろうと思ったことも、自分以外の誰かと同じように生きてみたいと思ったことも、はるか遠い昔に見た、まぼろしのようだった。はるか遠い。はるか、はるかなら、なんて言うだろう。

現実味のない、頭の中で膨れ上がったこの恋という妄想にすっかりすがりついて現実から逃避し続けているわたしに、はるかはなんて言っただろう。恋の雲行きが怪しいことにだんだんと気づいてしまいそうになるほど、はるかと話すことも、わたしは怖くなっていた。彼女の言う「ほんとうに、そうかしら？」という言葉で夜を越え続けたこと自体が、根本的に間違っていたのではないかと思えてくるのだ。

この世界に、希望を持とうとすること自体が過《あやま》ちなのではないか。まだ大丈夫、まだやれる、わたしはわたしに生まれて幸せだって、はるかと、言い合ってきたことは、無意味な生をただ味のしないうどんのようにふやかし続けるだけの行為だったのではないか。

生きることが、嫌だ。だって、願いごとなんかしても無駄だから。冷えたコンクリートの分厚い壁を、素手で殴り続けているような感覚だった、この世界と向き合うことは。すべての関節がもう折れている。粉々に骨が砕けている、皮がめくれて肉がはみ出て血液と組織液とがまだら模様に流れ落ちてはにわかに乾いてべたつきはじめる。それを痛いと感じるのも、世界でわたしひとりしかいないのであれば、わたしひとりがいなくなれば世界はもう少しだけ完全に近づくのではないか、とさえ思った。

「ほんとうに、そうかな?」

なんだ、来るんだ。鈴の音のような声は懐かしく、わたしは脳の表面に鉛を塗ったかのように、うなだれた。

「やさしい人になりたいね。まだまだこれからがんばっていかなきゃねえ」

ほんの少し悲しそうな声で、はるかは言う。そのとおりかもしれないけど、ちょっと疲れちゃったんだ。そう言おうとして、唇を動かそうとするけれど、うまく声がでない。もしもここが、彼女の言うとおり、世界の果てではなかったとしても、もう、どうしたらいいのかわからない。わたしはいいやつじゃなかった。


昨日、半年ぶりに先生を見かけた。いつもの公園でわたしは、彼が通りすがるのを待っていた。夕暮れがやけに濃い。まだら模様の雲がそのふちを燃やして、このあと世界が終わるみたい。彼がここを通ったら、きっとすぐにわたしを見つけて、いつもみたいに少し戻って、ブラック無糖とカフェラテをガコンと買う。それから早足に駆け寄って、カフェラテのほうを差し出す。しばらく来られなくてごめんね、と言って、いろいろ忙しくってさあ、とか、簡単に説明してくれて、わたしはそうしたらこう言うって決めている。ぜんぜんいいよ。わたしも忙しかったし。それで、彼は海に行こうって言う。このまま一緒に電車に乗って、千葉とかそっちのほうまで行って、夜の海を見に行こう。わたしは、お母さんに怒られるから、って少し考える。そしたらあなたはこう言うの。そんなことどうだっていいよって。いいからこのまま行こうよって。

気がつくとすっかり夜だった。制服のブラウスを通過する風が妙に冷たく、鳥肌が立っている。逆三角形の街灯の中で、白熱球が光る。辺りの街路樹から地面まで、薄ぼんやりと照らす。その真下に、彼が歩いてきた。モノクロームの視界の中で、黒いシャツと黒いスキニー。少し猫背のシルエット。わたしは、見つめた。前髪の隙間から、目が光って、視線が合った。

ああ、やっとだ、と思った。彼は数秒わたしがいるのを確認してから、来た道を戻った。わたしは自販機の音を待つ。ガコン、と二回、よく聞こえるように目を閉じる。だけれどしばらく待っても、音がしない。街灯にはジジジと音を立てながら、二、三匹の蛾が飛び回っている。売り切れて悩んでいるのかな、と思い自販機まで歩いていくけれど、そこには誰もいなかった。

頭皮の毛穴ががばっと開き、汗が滲《にじ》むのがわかる。眼球がうろうろと彷徨《さまよ》い、どこへ行けばいいか、動かない脳で探す。わたしは走った。公園の柵の端っこ、そこを曲がって先生の勤める学校のほう、いや違う、どこかでわかっている、公園を、わたしの視界に入らないよう迂回して、先生の住んでいるほうへ向かったんだ。わたしに会わないで帰るために。想定した道まで走っていくと、猫背の黒い後ろ姿があった。コーヒーは持っていない。ペットボトルの、飲みかけた水を持っている。ちいさな、海。先生、わたし、どこでもいい。どこかに行きたい。

怖がられないよう、数メートル後ろから、触れない距離で呼びかけた。

「先生。一緒に海に行きませんか」

……あ、今すぐは難しいかもなんで、今度。なんかほら、サンドイッチとか持って。晴れた日に。嫌じゃなかったらですけど。わたしはその、先生とどこかでかけたりしたら、楽しいかなって。早口でそう続けている間、彼は振り返らなかった。人通りはない。街灯の真下、影絵に切り抜いたようなシルエットが好きだなと思った。

そして、しばらくしてから、

「一緒に行けない。ごめんね」

という言葉だけ夜道に置いて、その向こうへ歩いていった。

＊

あの道に置いてあったのは、嫌悪だった。たぶんそうだった。せめて理由が知りたいと思わないこともなかったけれど、その気持ちすら、自分のなにかを改善するためではなく、もう一度だけわたしのことで頭を悩ませ、わたしに向けて言葉を発してはくれないだろうか、という、惨めな渇望だということにも気がついていた。わたしは机の冷たさで、熱を持った恥ずかしい脳みそがほんの少しでも冷えるよう、真っ暗な気持ちで突っ伏している。

ふいに、教室のドアが開く音がする。立て付けが悪く、軋《きし》みながら、ごりごりと音を鳴らし終わる。前髪越しに滲《にじ》んだ景色が暗くなり、目の前に誰かが立ったことがわかる。紺色のセーター、スラックス。見上げると、隣のクラスの男子生徒だった。

雲が厚くなり、すっかり薄暗くなった教室には、運動部の声も届かない。にわかに雨のにおいがする。コントラストの低い視界の中、こちらを見つめるその顔の印影には、見覚えがあった。角のないパーツと、なだらかな輪郭《りんかく》、薄青いまでに白い顔。

「あなた、僕になにか言いたいことはありませんか」

薄い唇を最小限に開け、言葉がはらはらと堕ちてくる。わたしは心当たりがなく、なんの用事ですか、と聞き返す。

「僕は、あなたと同じ進路に行こうとしたけれど不合格でした。浪人して、来年がんばります。がんばるから、僕と付き合ってください」

言葉とうらはらに表情はまるで動かず、どういう気持ちから発語しているのかが読み取れない。わたしは前髪をかき上げ、少し、身体を起こす。

「ごめんなさい。わたし、好きな人がいる」

目を見られないまま、答える。わたしがする回答は、相手が誰であろうと決まっていた。

空気がひりつくのが肌でわかる。彼はまたちいさく呼吸をして、話す。

「どうして？　一年のとき、いつも僕になんの本を読んでいるのか聞いてきたよね。あなたは、僕のことを気に入っていたのではないの？」

喉がつかえる感覚がして、同時に頭皮から汗が滲《にじ》み出る。プールの中に沈んだように、青く、息苦しいその場所で、わたしは記憶を辿った。聞いた気がする。教室の隅でいつも本を読んでいて、そのクラスの中ではそれはめずらしく、本をうまく読めないわたしにとっては羨ましい光景だったから、少しでも近づいてみたくて尋ねた。……ほんとうは、遠足の班決めで、ぽつんとひとりで黙っているのを見てから、話し相手になろうと思って話しかけていた。自分で自分を、やさしい人間だと思いたいがための卑しい行動だった。

「……そんなことが、君にとってなにか、いい記憶のようなものになっていたのなら、それはきっとわたしにとってもうれしいことだね。ありがとう。でも、ごめん。君だけに特別にしていたようなことではなくて、恋愛感情とか、そういうものでもない」

ほとんどシルエットのようになった彼は、聞き取れないくらいの音量で、繰り返しなにかをつぶやいている。教室には、誰も来ない。雨のにおいがいっそう、濃い。両肩を摑まれて、わたしはその場に立たされた。今まで触れたこともないほど大きく、白く、肉厚な手に、強い力が込められる。視野の選択が不可能になり、わたしは正面から、彼の目を見る。……洞穴だ。

「どうして？　僕はあれから君のことを神として、ずっと好きでいたのに。君がすべてを救ってくれるんでしょ？　僕はずっと君をきれいな気持ちで愛したかった。だけど人間の男の体って気持ち悪いんだ。どうしても汚いことを考えてしまう。君が僕を救ってくれたら、それだけで生きていけるのに」

君がわたしを救ってくれたら、それだけで生きていけるのに。わたしはその言葉を、いつかあの人への手紙に書いただろうか。きっと書いただろうな。書いていなくても、目や表情や言葉の端々で、そう言っていたのかもしれないな。それなら今すぐに取り消したい。そう思って、涙のような熱が、顔の中心に込み上げてきた。

「救ってくれたら、って、どういう意味？」

自分のことを傷つけたくて、わたしは質問を返していた。

沈黙が流れているが、両肩に込められる力が増すほどに、それ自体が大きなうめき声のように聴こえる。

「君が僕とセックスしてくれたら、僕は死ななくてすむのに」

「君はすべてが正しいんだ。いつもやさしくて僕みたいな人間にも話しかけてくれて、人に好かれていて、話す言葉すべてが聖書の一節のようなんだ。僕を、僕を抱きしめてはくれないか？　君に抱きしめてもらえないと、もう……」

窓の向こうで、午後四時半を告げる音楽が流れる。からす、なぜ泣くの。からすは山に……。わたしは幽体離脱をしたように、教室で向き合う二人を引きのアングルから見ていた。窓の外の照明は薄青く、カーテンを少しだけ風で揺らす、いいや、きっと揺れていない。ＢＧＭもつかない、ひどい無音。放送事故寸前みたいな沈黙のあと、わたしは最悪な言葉を口にした。

「抱きしめてもらえないと、どうなるの？」

目の前の薄青い人影は、にわかに笑って、

「死ぬ」

とだけ言った。

＊

気がついたら、家の玄関にうずくまっていた。もう何年も使っていないままの薄汚れた水槽越しに、窓の外がすっかり暮れているのを見る。右足の先には脱ぎかけたスニーカーがぶら下がり、にわかに揺れた。わたしはゆっくり起き上がり、はるかを探した。はるか、はるか、頭の中で彼女を探すと、彼女の黒い髪が見える。わたしはそれをイメージの中で摑んで、彼女に言葉をなにか、言おうとする。なにか、なにかを言おうとする。振り返る彼女には顔がない。ピントのずれたレンズみたいに、いくら視ようとしても、彼女の姿が明瞭にならない。わたしはいらいらしてくる。存在しない両手を強く摑む。

「わたしを殺して」

言ってから、自分がなんて言ったのかわかる。脳が周回遅れで理解をする、夢の中で動くようにすべてが鈍い。はるかはなにも答えない。わたしは彼女の身体にすだれのように覆いかぶさる。そして、その頰をばんと叩いた。

はるかの顔が、くっきりと浮かび上がる。眉間に皺を寄せわたしを見ている。生まれてはじめて目が合ったような気がした。はるかは両目に涙をいっぱいにためて、うんときれいな憎しみの表情で、こちらを見ている。わたしは言う。

「あんたのせいで、ぜんぶだめになった。なんで嘘ばっかり言ったの。わたしのことを調子に乗らせたのはおまえだろ」

彼女はまっすぐわたしを見る。なにも悪いことをしていないという顔で。自分の恋や、それにすべてを投じたいというわがままなんかが、目の前の他人が悲しんだり、苦しんだり、死ぬかもしれないときに、それよりも大事なんてことあるものか。いったい、なにと闘っているんだろう。わたしはいったい、なにが大切で、死ぬって言ってる人を押しのけて走って帰ってきてしまったんだろう。

彼女の鎖骨あたりに肘ごと体重をかけたまま、もう片方の手を口もとに当てて、押さえながら、叫んだ。「あ」の音をできるだけ喉の奥の奥の奥から、できるだけ長く、音にして出した。叫びすぎてわたしかこいつか、どっちかが死んだらいいと思った。

しばらく叫んだら喉がつまって、咳に変わって、鼻から息を吸い込んだ瞬間、先生の顔が浮かんだ。歌を歌う前に、す、っと静かに息を吸い込むね。あれが透明で、青い花みたいで、好きだなあ。涙がぽろぽろとこぼれ落ちて、嗚咽《おえつ》になって、泣きながら、身体を起こし、はるかの上にもういちどちゃんと覆いかぶさって、白くて細い首に両手を回し、力いっぱいに絞めた。涙の表面張力が、わずかな地明かりを海のように泳がす。憎しみを悲しみに塗り替えられて、それからだんだんと力をなくし、そのまま彼女は気を失った。玄関のタイルの溝に押し付けられたわたしの両膝は赤黒く、感覚を失って硬くなっている。

彼女の死体は、浅黒く淀んだわたしとは違って、生気がなく、美しかった。

＊

大学の研究室の鈴木さんは、髪の長い男の人だった。わたしは窓際の回転椅子に座ってくるくると、お尻ごと回りながら部屋を見渡していた。鈴木さんは映像作家をしながら研究室の助手をしているらしい。この部屋では機材の保管と貸し出し管理を彼が担っていた。クラスメイトの何人かとともにカメラを借りに来て、君だけ少し残って、と言われ、他の人が帰るのを待っていた。

鈴木さんは奥の倉庫から出てくると、黒くて四角い、玉手箱のような箱から拳銃の持ち手がはみ出しているような物体を持ってきた。そして、わたしにそれを持たせた。

「フジカのシングル8。これはちっちゃいけど多重露光できるし、なんか、似合うでしょ、たぶん」

拳銃ではなく、カメラが入っていた。フジカのシングルエイト。真っ黒で、ずっしりと重たく、だけれどちいさい。箱には長めのストラップが付いていて、斜めがけにすると幼稚園ポシェットのようにすっかりおさまった。その姿を見て鈴木さんは、やっぱり似合う、と笑った。それから、鈴木志郎康や、スタン・ブラッケージのことを教えてくれた。

「映画監督に師事して劇映画をつくる道もあるけれど、もっと、映像も詩も言葉もすべてが表現の〝ある手段〟でしかない、それを描くために手段を選択する、っていうやり方もあるよ。君はそっちの人なんじゃないかと思う。とりあえず、それあげるから、いろいろいじってみるといいよ」

カメラを抱え、すっかり夜に暮れた大学構内を、息を潜めながら歩いた。ごく少数の人しか知らない世界の秘密を、告げ口してもらったような気分だった。詩、映像、生きること、わたしの目に、世界がどんなふうに見えているのか。それは、これまで言葉でしか語ることのできなかったものだったと同時に、言葉にすればするほどその隙間からこぼれてゆく、悲しい触れられぬ美だった。あるのだということを、誰にも信じてもらえないのにもかかわらず、常に頭の端から発光して目眩《めまい》を起こさせる強い光。あれを撮りたい。あれが映るのならば、どんなことでもしたいと思った。最も美しく、誰にも見えない「それ」の、味方をしたい。

わたしは、あの青い教室でのこともすっかり忘れて、異様にぼうっとしたひとりの美大生として生きていた。本来他者や社会というものと向き合い対話するべき時間のほとんどを、もはや化石と化した恋と、その感覚、感度を分析することに費やした。恋は、化石になろうと、死ぬことはない。そしてこれを宝石にするのはわたししかいないのだということも知っている。さみしくて、とても幸福で、なにかの底が抜けている。どこにいても、なにをしていても、いまだすべてがものすごい速さで通り過ぎていく日々だった。

あのあと一度だけ、先生を見かけた。ひとり暮らしの物件を探しに不動産屋へ行く途中、駅前で女の人と歩いているのを見た。目が合ったけれど、すぐに逸《そ》らして、スターバックスへ入っていった。開発したての駅舎にはたよりなく植えられた桜の枝が寄り添って、わずかな花びらを散らしている。わたしは彼のいた位置を、じっと見ていた。今このときの心の動きを、がらんどうの胸の穴を通り抜ける花びらの、春の光の照り返し方を、見ておこうと思った。

一〇代の終わりをシングル8と過ごした。明け方、立ちのぼる霧を透かす黄色い陽の光の中、石段をのぼる。丘の上から見下ろすと、はるか向こうに観覧車の影が見える。それはきっと、遠すぎてこのレンズでは映らない。だけれど、そちらに向かって回すこの場所からどんなに遠く、いつか辿りつくかもしれない未来は決して映らなくとも、今どういうふうに光が差して、わたしがここにいるのか、ということが映る。どこにカメラがあって、どちらのほうを向いて眼差《まなざ》していたのかは映るのだ。未来は映らないが、未来を眼差《まなざ》す僕らの身体の角度や呼吸の浅さ、指のふるえは残るだろう。そのことは、いつもわたしをうんと寂しくさせ、そして幸福にさせた。

＊

江藤くんの姿をはじめて見たのは、図書室の視聴覚ルームだった。わたしは入学してからしばらくの間、昼休みや放課後に、人から話しかけられないよう、なるべく気配を消して図書室へ通っていた。受付に置いてあるリストから選んで司書に言えば好きな映画が無料で借りられるシステムになっていて、その横にある視聴覚ルームでヘッドホンをして観ることができた。食堂や中庭が賑わうかわりに、その部屋はいつも空いていた。そして、そこではかなりの確率で同じ男子生徒を見かけたのだった。彼はいつもローリング・ストーンズのTシャツを着ていて、紐の擦り切れそうなコンバースのオールスターを履いていた。

一年生の頃、はじめての映像作品の発表が終わったあと、クラス全員が自分以外の全員の作品についてそれぞれ批評を書くことになっていた。わたしは、自分の作品と、江藤くんという人の作品だけおもしろかったです。あとは全部つまらなかったです。と書いた。ほんとうにそうだった。がたがたとふるえる手持ちカメラで撮られたワンカットの映像には、力強いテキストと煮え切らない焦燥感がひりひりとしたまま映っていて、滑稽《こっけい》で、笑われる気満々で、それでいてもの悲しいくらいの気高さが漂っていた。さみしくて、好きだと思った。

後日張り出された全員分の感想を読んでいると、「俺の作品がいちばんおもしろかった。あとは、田崎さんのだけおもしろかった。ほかの作品は全部おもしろくなかった」と書いている人がいて、それが江藤くんだった。田崎はわたしの名字で、このクラスにはほかに同じ名前の人はいなかった。薄暗い廊下で、一緒に感想を見に来たクラスメイトの女の子の視線を意図的に避けて、顔を見られないような角度で、彼女に「ちょっと先に帰るね」と言った。そして、階段をかけおりた。一階はもっと煌々と電気がついていて、顔を両手で覆い隠す。すっかり日の暮れた中庭を走った。木々の影が真っ黒く覆い隠す空を見ようと校門を抜け、そのまま、坂をかけおりて大きな川まで一目散に出た。星が光る。今日死んでもいいかもしれないと思った。これからなのに。これからなのかもしれないと思ってしまったから、死にたいと思った。

もういないはずの、はるかの声がする気がして、困る。

「ほんとうは、どうしたい？」

わたしは、わたしが孤独じゃないのなら、困るのだ。誰かに理解なんかされたら、わたしがどうして家族から逃げ出したのか、どうしてあの教室から逃げ出したのか、どうしてたったひとつの失った恋にすがっているのか、すべての理由が崩れてしまう。それでも目を開けてさえいたら、光の粒が自動的に大きくなる。これがずっと続いたらいいのにな、と思った。わたしが雑巾みたいに臭うことがばれない距離で、わたしが惨めにすがりつかなくて済む距離で、そうだ、老人になっても年賀状を交換してるみたいな、そんな距離でいられたらいいのにな。

「ねえ、君がおじいちゃんになっても年賀状出したいから、住所教えてよ」

食堂の壁際、ボックス席でアイスを食べながらわたしがそう言うと、向かいの席でカレーうどんをすすりながら、江藤くんは咳き込んだ。

「なにそれどういう意味。なんで年賀状？」

「ずっと友達でいたいって意味」

「年賀状って、距離感微妙じゃない？　普通に出かけたりするんじゃだめなの？」

普通に出かけたり、って言葉を聞くたび、胸がちくりと痛む。でかけたら、ばれるんだよ、わたしが人と一緒にいられる人間じゃないってことが。

「距離感とかはよくわかんないけど、わたし、君が今車に轢《ひ》かれそうになったとしたら、絶対助けるよ。かわりにわたしが死んでもいい」

通りかかったクラスメイトの高峰さんが、にやにやしながらこちらを見て、

「今の聞いた⁉　江藤くん！」

と茶化すような声色で言った。

江藤くんはどことなく気まずそうな顔をしていて、わたしはその意味も、高峰さんの態度の意味も、深く考える前にシャットアウトした。わたしより眩しい誰かのために、わたしはさっさと消えてしまいたい。そう思っているのはほんとうのことだった。

＊

この大学に通う四年間、この人は何度わたしのこぼしたちいさな言葉を、拾って打ち返してくれただろうか。ふと、江藤くんと、鴨居さんという年上の同級生の女性と三人でチームを組むことになって、近所の渓谷へ撮影に行ったときのことを思い出す。そこは都内で有数の癒やしスポットらしかったが、深くえぐれた谷は濡れた岩肌の黒灰色と深緑の苔とで薄暗く、滑りやすい足もとを一歩踏み外したら打ちどころ悪く死ぬかもしれない、といった緊張感に満ちていた。そのうえシングル8の感度ではこの暗さだと映るものが少なく、三〇分以上さまよっているがあまり撮れ高のなかったわたしは、徐々に焦っていた。そんなとき、渓谷の奥でほの明るい場所を見つけた。

神社とかで見たことがある、白くて四角い紙がいくつか連なったような飾りのついた柵の向こうに、ちいさな滝があった。木々の隙間から差す光線に、きらきらと返事をするように水滴が光っている。光が粒立って弾け飛び、ひとつひとつの落下がスローモーションに見えた。わたしはその滝を撮ろうと思って、カメラを覗きながら近づいていった。ファインダーの中で光が跳ねる。近すぎて合わないピントを、それでもいいやと思いながら許す。靴の中まで水が入って突き刺すように冷たかったけれど、どうでもよかった。

　すると、遠くから怒号のような声が飛んできた。黄色い作業着の腕に、「渓谷保護委員会」と書かれた腕章をつけている。やばい、逃げよう、という鴨居さんの声につられて、池から出ようとする。

「おまえら、なにやってんだ！　そこは神様の場所だぞ！　出ろ！」

　わたしはびしょ濡れの靴のまま、おじさんに頭を下げた。保護委員会の人でも入ってはいけないと決められている、神聖な滝らしかった。急に自分のしたことが恥ずかしくなり、そのあとはなにも撮ることができずに帰った。


　数日後、そのときのフィルムを現像しようと暗室に入った。たまたま同じ時間に予約していた高峰さんと準備室で会い、黄色いおじさんに怒られた話をする。わたしは気持ちが落ちつかず、その話をしながら、手もとでなにかをずっといじくっていた。話をうんうんと聞いていた高峰さんの表情が、次第に曇っていく。やっぱり聞いていて気持ちのいい話じゃないもんね、と思いながらそれを見ていると、高峰さんは言った。

「それ、フィルム大丈夫？　出しちゃって」

え、と言いながら手もとを見たら、これから現像するはずのフィルムがすだれのようにたれ下がっていた。この手で、引っ張って引き出してしまっていたのだった。本来、暗室内に入ってから、光源が一切ないことを確認したうえで行う作業だった。フィルムは当然感光し、もうなにが映っていたかも確認しようがなくなっている。わたしはさっきまでの自分がなぜフィルムをすべて引き出してしまったのか、まるでわからなかった。気づかないうちにその仕草をしていた。

それからわたしは怖くなった。入ってはいけない場所に入ってしまったから、呪われてしまったんだと思った。そう思うと、歩いている途中で急に救急車と消防車が轟音で過ぎるのも、東急東横線の線路とホームの隙間に足を滑らせて落ちかけたのも、自転車がパンクしたのも、すべての因果があの渓谷にあるような気がした。食欲も失せ、人との会話を怖がり、夜も眠りが浅くなり、目もとには大きなくまができていた。

食堂で菓子パンをもそもそとかじっていると、江藤くんが「元気？」と、話しか

けてきた。わたしは、しばらく黙ったあと、「元気じゃない」と言って、呪いについての話をした。それから、

「でもこれを人に言うのも怖いの、なんか、悪化しそうで。だからほかの人には言わないで」

と言った。すると彼は、怒っているような、心底呆れているような顔で、はああ、と大きなため息をついた。

「これ、怖いから誰にも言わなかったの？　じゃあ俺が全員に言いふらすよ。ため込んでるから自分の中でふくらんで、怖くなるんだよ。呪いとかオカルトとかほんとにあるのかなんて知らないけど、これギャグにして俺がみんなに話すから見てて。みんなでおもしろがったら呪いもクソもないでしょ」

なにを言っているのかよくわからなかったけれど、それを言う江藤くんの眉毛があんまりきれいにつり上がっていて、この前授業で見に行った歌舞伎の、いちばん良い役が見得を切るときの顔に似ていたため、なんだか舞台を見ているような気持ちになり、ぼうっとした。

それから江藤くんは同じ専攻の知り合いを十数人集め、身振り手振りを大きくし

ながら、この話をしゃべった。半分くらいは脚色だった。みんなげらげら笑っていて、その日の夜、わたしは数週間ぶりに深く眠った。

*

大学生になって四回目の冬が来た。研究室の資料の整理を頼まれたわたしたちは、本の山の前でしずかに仕分けをしていた。わたしが三年次から入ったゼミは8ミリフィルム作家の先生のところで、メンバー九人のうち、二人は消息不明、三人はゼミに来るのをやめて就職活動をしてゲーム会社や映像制作会社に内定をもらい、残りのわたしたち四人はとくになにも変わったことをせず、ぼうっとしたまま卒業を迎えようとしていた。

鴨居さんは調布にある実家から通っている。就職はしなくてもいいと両親に言われているそうで、映像も趣味の範囲で続けるらしい。須田さんは一年次につくった映像が当時の教授に評価されてから同じ手法のものを作り続けたけれど、だんだんと評価が芳しくなくなる中で、自身の創造性を肯定するのが難しくなっていったらしく、最近は新作をつくったと聞かない。江藤くんは、学校に来たり来なくなったりを繰り返していたけれど、最近はよくゼミの集まりにも来るようになった。わたしは、数ヶ月分の目に入った景色を撮りためては、詩を編むようにして物語のない、人も出てこない短編映像をつくって過ごしていた。映像を撮ることは日常のひとつになっていたけれど、それは自分の心のためだけにある行いで、他者とともにつくるとか、これが仕事に繋がるとか、そういうことを考えることをずっと避けていた。就職活動なんて、みんながいつの間にやっていたのかも知らなかった。未来のことを考えようとすると、不思議と脳の働きがにぶくなり、それ以上なにも考えたくなくなるのだった。仕方ないから、もしこのまま卒業して生きていけなくなったら、死ねばいいやと思っていた。

古い本を開いてみては、その埃っぽさに少し咽せ、ひと昔前のタイポグラフィーをまじまじと見る。そのくせのある明朝体をひとつひとつ拾う、銀河鉄道の夜の序盤部分を思い返していた。窓の外がさっきから白かった。室内でも、吐息が白く煙る。

「寒いね」

と周りに聞こえるようにぽつりと言うと、江藤くんが、

「あ、雪」

と、言う。


白く磨かれた床に、窓の外の光がやわらかく反射している。わたしは窓にかけよって、外を見る。雪を見ることはわたしにとって珍しいことだった。

「ほんとうだ。雪だよ。雪、けっこう降ってる」

鴨居さんは、本の山から目を離さないままで、「電車大丈夫かなあ」と言う。須田さんは、SNSでの反応を調べはじめた。

背中に人の気配が濃くなると、わたしのすぐ真後ろから、江藤くんの「きれいだなあ」という声が聴こえる。きれいとか言うんだな、と思い、なんだか胸の奥がぎくりとする。窓の外では濡れた地面に、まだら模様ができはじめていた。こんなに近いと不安になる。髪の毛、汚れていないかな。窓の外を見ているだけだろうから気にしないかもしれないけれど、わたし、臭ったりしないかな。だけれど今動くとそれこそ自分の息や身体のにおいが広がりそうな気がして、身動きが取れない。背

中に江藤くんの身体が当たっていて、ひときわ長い腕はわたしの肩を越えて窓枠に添えられている。心臓がおびえていて、冷や汗が出る。こんなに寒い昼間なのに。

結局、雪は降りやまず、家の遠い人たちは電車が止まる前に帰った。わたしもその波に乗るべきだったけれど、外があんまり静かで、古本は埃と古紙の独特のにおいを放ち、なんとなくその場を離れがたく、わざと帰りそびれてしまった。鴨居さんが荷物をまとめに教室に戻っている間、江藤くんとふたりになる。

「わたし、江藤くんがもし車に轢《ひ》かれそうになったら、ぜったいに代わりに死にたいって言ったよね」

この世界にはたぶん、わたしたちのように、精神の一部分が重なっている人たちが探せばきっといて、だからわたしが消えても、わたしとどこか一部分が重なっている人たちがばらばらにでも生き続けていくのなら、なにも問題がないのだ。そうすると、より長く生きないといけない、という感覚がなくなってくる。生に対する執着と、死に対する恐れさえ克服したのなら、わたしはもういつ死んでも大丈夫だと思う。だから、すばらしい君が死にそうなときは、わたしが代わりに死んだらいいと思うんだ。あの日食堂でこんこんと話したのは、そういう話だった。とても明るい気持ちで話していたのに、江藤くんはどんどんと、機嫌が悪くなっていった。途中まで言ってることはわかるけど、絶対にそんなことしないで。と言うのだった。なぜそんなことを言うのか、わたしにはわからなかったけれど、その不思議な言葉自体に、なにか大きなヒントが隠れている気がした。わたしが、なくしたなにかを探すためのヒント。

「うん。二度と言わないでほしい」

古書の山から視線を外さないままで、彼は言う。

それから、「俺、田崎さんに言いたいことがあるんだけど」と、言う。

わたしはそれを見ていて、好きだなあ、と思った。ずっと一緒にいられたらいいのに。それをもう、撤回できないように口に出してしまおうかと考えた。

「好きだなと思って」

そう言った視線は、窓の外を見ていた。なぜだか急にとても哀しくなって、消えてしまいたいと思った。

せめてわたしが言えばよかったな、いつもこうやって間に合わなくて、それで、もうわたしは、また先生のことを思い出しちゃったから、タイムアップ。

「ずっと友達ではいられない？」

　わたしは卑怯な言葉を言う。

「うん。友達でいようとすることはできるかもしれないけど、それでもたぶん、一緒にいたら手とか繋ぎたくなっちゃうと思う」

　なんてたおやかなセリフなんだろう。たった二二年しか生きていない男の子が、こんなふうに言葉を選ぶことの裏に、どれだけの品の良さと、相手に対する真摯さが隠されているのだろう。顔を上げると、こちらをまっすぐに見ている。伸びた前髪をすりぬけて、洞穴のように暗い目。わたし、君として生きてみたかったな、と思う。人生を交換したいな。そしたら自分のこと愛せたかもしれない。

　どうしてわたし、自分にへんなルールを設けてしまったんだろう。今、ほんとうに後悔している。生涯でする恋を、たったひとつと決めていて、それがだめになったら人生は終わり。少女の頃に定めたそれを、わたしはまだ、捨てないつもりでいた。わたしが捨ててしまったら、あの頃はるかと話し込んでいた、すべてのことが嘘になりそうで。

わたしは言ってしまう。「わたし、好きな人がいる。ごめん」

ええ、と素直な感嘆符のあと、彼は言う。「その人とは付き合ってるの?」

「ううん。付き合ってない。何年も連絡もつかない。彼がわたしを一瞬でも好きだったかどうかもわからない。それを確かめる術もない。だけどわたし、その人以外には恋をしないって決めてるの」


沈黙が流れる。さっきまでの切実な純さが、しゃべればしゃべるほど逃げ出していく。雪明かりにほの明るく湿っていたはずの部屋が、蛍光灯のつまらない光に真上から照らされた、むきだしのボロい箱になる。物語の登場人物ではない、ただの男の子と、とんちんかんな女が床に座っている。冷えきった木材が、剝がれ落ちかけたワックス越しに腰骨を冷やしていく。

「それって、もとからなにもないってことじゃないの?」

呆れた顔で江藤くんは言う。そうかもしれないね。頭の中で、はるかが叫ぶ。

(そんなことないわ。はじめて会った日に、光を見るような目をしていたの。あれ

はきっと、わたしたちが運命のふたりだからだった）

　わたしは彼に言われる前に、先に言う。

「うん。わたし、ゆうれいに恋してるみたいなものなの」

はあ……？　と唸る、素直な音色が部屋に落ちる。長い指から力が抜けて、開いていた古書がぱたんと閉まる。埃が舞う。

「そのゆうれいが、わたしにはまだ生きているように見えていて、それを誰も信じなくても、わたしは死ぬまで好きでいるの」

＊

　盛岡駅からロータリーの凍りつく地面を横切って、バスで三〇分。市街地を抜け、大きな池に白鳥が降り立つ公園を通り過ぎ、一面の雪原と化した田んぼを何十も越え、坂をのぼった住宅街に祖父母の家はあった。買ったばかりのスノーブーツの、深い凹凸を新雪にめり込ませながら歩く。鼻と耳の先が冷たいが、眼球や口の中は冷えやしない。あの日から雪がずっと降り続けているかのように、シーンを繋いだ。

実際は、自分の物語にそうなってほしくて、東京で雪がやむ前に、荷物をまとめて新幹線に乗ってきたのだった。

父方の祖父母は漁師で、かつて海岸沿いに家を持っていたが、仕事をやめてからは盛岡で暮らしていた。父とあまり似ておらず、ふたりとも寡黙な人だ。わたしが父を通さずにとつぜん「雪が見たいから一ヶ月くらい泊まってもいいか」と聞いたときにも、特に理由も聞かずに承諾してくれた。

携帯電話を機内モードにして、わたしはそこらじゅうを歩き回った。階段を下り、道路を渡り、山をゆっくりと下ったはずだが、振り返るとそれらはすべて真っ白い雪の中に埋もれ、わたしがほんとうにそのとおりに歩いてきたという確証はなくなっている。白砂糖まみれの針葉樹が突き刺さった山を下ると、にわかに押し光る水面が見える。白く塗られたコンクリートに囲まれて、長方形に切り抜かれた水槽は、とことん透明に澄み渡る。そばに行こうと柵を越えると、そこは浄水場だった。雪がちっとも解けない寒さのままで、雲の隙間から太陽が出てくる。光の梯子《はしご》が伸びるほど、撥ね返してきらめく雪が、三原色を滲《にじ》ませる。わたしはお尻が濡れることも気にせずに、大きな貯水池の前に座った。ごく細かな点描を打つかのようにして、静かにスプリンクラーが回っている。水滴が風を切るほどに、時折完全に光る。わたしはとても長い時間、それを見ていた。

陽が薄桃色に傾いた頃、ようやく身体を折りたたみ、貯水池の表面を覗き見た。長い黒髪が視界に垂れ下がり、浅黒い自分の顔が水面に映る。途端に、いつかこうして誰かの首を絞め殺したことを思い出した。あれは、いったいなんだったんだっけ。薄暗い放課後で、靴の散らばった玄関の、冷たい床、とっくの昔に死んだ金魚、藻がこびりついたまま放置されている水槽のにおい。すると、透明な水の表面に、青い少女の顔が映った。生気がなく、目はうつろに開き、生臭く、死んでいる。思わず声が出て後ずさる。音を聞きつけた作業員が事務所から出てきて、こちらに気づいて走ってくる。

わたしは反射的に立ち上がり、逃げ出した。膝まで雪に覆われて、速度がにぶい。スノーブーツの隙間から靴下まで冷たさが浸透していく。白くなる吐息で視界がぼやけ、空がブルーグレーに暗くなる。わたし、殺してたんだ、とっくの昔に。雪がふたたび降りはじめる。一面に続く白い道には誰もいない。誰もいない。

「はるか！　はるか、どこ？」

なるべくおなかの底から叫ぶけれど、返事はない。青い肌、汚れきって脂っぽく束になった黒髪、薄く開いた唇の乾き。誰もいない。空は黒くなってゆく、雪が降る。製氷機の氷のような街灯からつららが下がる、眠れない真夜中、冷蔵庫の前に座り込み氷をむさぼったいくつもの夜の暗さ。山の斜面で大きく体勢を崩し、数メートル転がり落ちた。空に向かって伸びる針葉樹たちが、たまたまわたしを突き刺していないのは、おかしいと思った。這いずったまま、雪を掘る。スキー用の分厚い手袋を放り投げ、素手で掘っていく。なるべく深く、大きく、土や木の根にぶつかることを恐れずとも、いくら掘っても雪しかない。わたしはそこに顔を埋める。走ってきてからずっと、頬が火照《ほて》って汗も噴き出し、心臓が脈打っている。恥ずかしい。こんなになってもまだ、怒られないように逃げたり、頬を赤らめたりしているることが恥ずかしい。なるべく長い時間、やわらかな雪の隙間から、酸素を吸った。貯水池にしたらよかった。

第二章

セカンド19

「セイジョウイ、バック、キジョウイ、フェラ、イラマチオ、アナル、エスエム……この中でやったことあるプレイに◯つけて」

そう言い残すと、星と名乗る男は席を離れた。オフィスの奥のほうにあるウォーターサーバーで、首をスーツの襟からうなだれながら、紙コップに水を汲んでいる。

わたしは、今聞いたスターバックスのカスタムのような音の羅列と照らし合わせ、目の前にあるバインダーに挟まれたプリントのうち、どこの部分を指していたのかを探す。

【経験人数】—人。主語がない。選択肢が書かれていないので違う。

【彼氏の有無】なんでそんなこと聞くんだろう。無に、◯。

【パブ範囲】地上波TV、CSTV、一般誌、アダルト誌、DVDジャケット、サンプル動画。よくわからないから全部丸にしてみる。

【経験済みプレイ】正常位、バック、騎乗位……あ、これだ、と思い、不可解な呪文だった音が漢字とカタカナに入れ替わるのを確認してから、さてどれに◯をすればいいのだろう、と考えたけれど、まるで意味がわからなかった。

SM、はたぶん、テレビとかでやってたあの言葉だ。Sが、人に意地悪をしたいほうで、Mは、ひどいことされて喜ぶ人。それとAV女優の面接とがどう関係あるのかはわからなかったけれど、どれもとりあえずやったことがないような気がしたので、そのままアンケートを読み進める。

星が、水の入った紙コップを両手に持ち、こちらへ戻ってくる。濃いめのグレーのスーツを着て、髪を角刈りの一歩手前くらいの長さに切り揃えた、肌の白い男だ。二〇代前半に見える。ホームページで紹介されていたオレンジ色のソファと熱帯魚の泳ぐ水槽の向こう側には、ごく一般的と思われるグレーのデスクとチェアが連なっており、その奥には四〇、五〇代に見えるスーツの男性が難しそうな顔をしてデスクトップパソコンに向かっている。ほかの席にばらばらと四、五人が座っていて、各々資料のようなものを整理したり、電卓をはじいたりしていた。そこはかとなく漂うくたびれた質感、社員のさりげない服の皺や壁に染みついたヤニの色合いなど、きれいに掃除をしていても滲《にじ》み出る雰囲気にどこか安心感を覚えていた。

　星はアンケート用紙を覗き込み、あれ、経験人数書かないの？　と聞く。わたしは、頭皮の毛穴がどっと開く感覚の中、きっと顔を引き攣《つ》らせながら、「あ、えっと、よくわかんなくて」と薄ら笑いをした。

　星はそれを見てすぐに、「いちいち覚えてらんないって感じっすね。見た目によらずそうなんすね」と、唇に入った無数の縦線をひび割れさせながら笑った。


　面接シートの内容をごまかしきると、隣の部屋に案内された。白いホリゾントとカメラ用照明機材が設置された一角に、ノートパソコンを操作する男性の後ろ姿がある。レモンイエロー色の髪の、五〇代くらいに見えるカメラマンだ。軽く会釈し、面接シートを手渡すと、星は出ていった。同じ部屋の奥、窓際には大きな鏡とメイク道具が並び、線の細い肩口にやや長めの黒髪を垂らした男性がこちらを見ている。手招きされ椅子に座ることを促されると、首もとにケープをかけられ、前髪をピンで留められる。ヘアメイクが始まった。

「出身どこなの？」

埼玉です、と答えると、あー俺も！　と勢いよく返しながら、ヘアメイクの大吉と名乗る男はわたしの顔にファンデーションを叩き込んだ。デパートで化粧品を買ったことなど二、三度しかないわたしの目から見ても、彼の手に握られたMAKE UP FOR EVERのファンデーションの瓶は古く汚れ、中身がひび割れている。そこに、CHACOTTのパウダーをぽんぽんと叩かれ、眉毛をえんぴつ型の茶色いアイブロウペンで濃いめにしっかりと描かれ、濃いブラウンのアイシャドウと束感のある付けまつげを載せられたら、最後にフューシャピンクの鮮やかな、鮮やかすぎる口紅を塗られた。肩に触れるくらいの長さに切り揃えていた黒髪は、太いロットのヘアアイロンで大きく波打つように巻かれ、わたしのヘアメイクは完成した。大吉は、持ち手がぼろぼろに剝げたヘアアイロンを片付けながら、カメラマンへとわたしを引き渡した。通りかかった鏡を横目で見ながら、この人たちはもしかしてずっと前の時代が最も肌に馴染んでいた、そういう人たちかもしれない、と頭で考え、心で、ずいぶんださいヘアメイクだな、と思った。

バシャン、ピー。バシャン。ピー。と、カメラのシャッター音とそれに反応して光るフラッシュの音が連続で鳴る。白ホリゾントのスペースはカーテンのついた枠のようなもので仕切ることができるようで、わたしはその中へ案内された。カメラマンは、一眼レフを持ったまま会釈をすると、

「じゃあ早速、下着になろうか」

と言った。

わたしはのっぺりとした心のあり方のとおりに、「はい！」と抑揚のない元気さを醸しながら答えた。ばさっ、ばさっ、と、手際よく服を脱ぎ、おなかに力を入れてなるべく凹ませる。

「腹筋すごいね。縦線入ってるじゃん。なんかやってたの？」

と聞かれて思い出すのは、学校で行う体力テストだ。中学の三年間も高校も、一〇〇メートル走もハンドボール投げも長座体前屈も反復横跳びもとにかくほとんどすべての種目にCかDのアルファベットが印刷されていた結果用紙の中で、上体起こし、俗にいう腹筋だけAだった。あきらかに運動の不得意な人の動きしかできないわたしが、上体起こしでのみ誰よりも素早く、ばてずに、勢いよく上体を起こし

続けている様には爆笑が巻き起こったが、わたし自身は至って真面目に上体を起こしていたし、自分がこれを得意なのだという自覚もなかった。努力をしなくてもできることの中には、その理由が才能や資質などという漠然とした言葉でしか言い表せないものが多いけれど、これだけは理由がわかっていた。わたしは、目を覚ましてリビングへ下りてから、夜に姉の胴体を跨いで窓の外を見上げるまでの、自分の視界に他者が存在しているほとんどすべての時間を、腹に力を入れて過ごしていた。どこが怒りの爆破スイッチなのかわからない母の前にいるとき、なにが悲しみの引き金なのかわからない姉のそばにいるとき、どこからトラックやバスが突っ込んでくるかわからない外を歩くとき、いつ悪い噂が流されるかわからない教室に入るとき、箸の持ち方や咀嚼《そしゃく》音を指摘されるかもしれないうえ、口の中という圧倒的に無防備な部位を見られる可能性のある食事時間、会長に怒鳴られたり由加に文房具を投げられるかもしれない放課後、突き落とされるかもしれない駅のホーム、誰が乗ってくるかわからないバスの車内、そしてまた、家のドアを開けるとき。わたしは腹に力を入れていた。今なにかが起こっても踏ん張れるように。真横から見られたとき、腹が出ているねと笑われないように。

下着姿でしばらく写真を撮られたあと、カメラマンは一度カメラを置いて、ハンディカムを持ってきた。仕切りを動かして、ホリゾントと白い布で囲まれたちいさな部屋にしてから、

「それじゃあ、脱ぐところ動画撮ってくから」

と、言われた。まあそうか、そうだよね、そうだよな、下着も取るんだよね。と、頭の中でしゃべるように繰り返してから、「はい！」と、返事をした。はい、の、い、が、捲れ上がっていた。ばれないようにすばやくホックを取ろうとしたら、カメラがまだ回っていないと止められた。

カメラマンの津崎が、動画のRECボタンを押す。わたしはレンズを見るように言われ、もうここまできたらさっさと脱いでしまいたいな、と思いながら、ブラジャーのホックに手をかける。

「どんなタイイが好き？」

わざと動画にしっかり入るように大きな声で、津崎が聞く。インタビュー動画的なものを、下着を脱ぐ動画と同時に撮るつもりらしい。とっさに質問の答えを考え

るけれど、「タイイ」という言葉がそもそもなにを指すのかがわからない。

「えっと、タイイ、ってなんでしたっけ」

まるきりわからないわけではないよ、たまたま忘れているだけだよ、というていを装って、ごまかしながら聞く。津崎は鼻から息をふん、と吐いて、

「セイジョウイとか、キジョウイとか、バックとか。どれが好きだった？」

と、聞き直す。

ああこれさっきの、面接シートのときに聞いておけばよかった。隙を見てこっそり調べたらよかった。ほんとうになんのことかわからない、どうしよう、と思いながら、しばらく目を泳がせていると、だんだんと津崎の表情も不安げに曇っていく。

「どうしたの？　恥ずかしがらなくていいんだよ。一個ずつ聞いていこうか。セイジョウイは好き？」

「……わかんないです」

「えー。キジョウイは？　やったことある？」

「えっと……たぶん、ないです」

「え、バックでしかやられたことないとか？」

「ばっく……っていうのは、いったいどういう」

そのくらいまで答えたあたりで、津崎は、動画を止めた。

ホックに指をかけたまま身体を強張《こわば》らせていたわたしは、なにが起こるのかわからず、どっと冷や汗をかく。まずいことを言っただろうか。なにか、へんなことでも言ったのだろうか。

「もしかして、未経験？」

……ばれた。全身の毛穴が開いて汗が噴き出るのを感じる。目線が泳ぎ、眉毛がぴくぴくと痙攣し、心臓の鼓動が徐々に速くなる。平然と、平然としないと、平然と。きっと特殊なことだから、どういう扱いを受けるかわからない。早く、ばれないうちに撮影の流れでどういうものか経験してしまおうと思っていたのに。頭の中に、いくつかの場面がフラッシュバックする。

*

大学二年の終わりに、ゼミの生徒たちと先生とともに居酒屋に行ったときのことだ。

　撮影技術論の先生は四〇代くらいの中道という女性で、はきはきとしたしゃべり方と女子生徒への距離の詰め方の大胆さで人気を誇っていた。美大卒業後大手ラボに就職し、フィルムの現像や機材の貸し出し管理業務をつとめたのち、講師として大学に戻ってきたそうだ。中道先生のことはわたしも好きだった。教室に集まるたびに世間話のように「今日もかわいいね」と生徒たちに声をかけて回る様は少女漫画の中のプレイボーイのようだったし、粗雑な格好や振る舞いをしていてもどこか精悍さが残っているのも彼女の人柄だと思った。

　わたしが生理痛でうずくまりながら教室に入ってきたときには一度授業を中断してこっそりバファリンをくれ、保健室まで送ってくれたし、16ミリフィルムの課外授業で撮ったゾウの映像は「奇を衒《てら》わず丁寧に忠実に撮れていていいね」と褒めてくれた。

　本来大学というものは、学びたいものを選んで学ぶ場所だけれど、まだ二〇かそこらの生徒たちがどこまで明確に自分の人生の使い道を決めているかというと、まだまだ曖昧だ。気のいい先生のところへは人が集まるし、中道先生のところへは女子生徒の集まりが異様によかった。その中にはわたしが話してみたいと思っていた生徒たちの姿もあったし、なにより先生のつくる授業の雰囲気がよく、それは信頼というよりはどこか、和気あいあいと〝青春〟じみた空気感を味わえるのではないか、というやんちゃな予感の持つ心地よさだった。

だから、年度最後の映像技術論の授業のあと、先生を中心にみんなで打ち上げに行かないか、という誘いに、めずらしくわたしも乗ったのだった。会場は学校から徒歩五分程度のチェーン店の居酒屋で、その二階の座敷を丸々貸し切って二五名ほどの生徒が集まった。わたしは入学式の後の中打ち上げではじめて飲酒したときの体調の悪さを思い出し、オレンジジュースを頼んだ。上級生が「生の人！」と大きな声で聞いて回り、先生を含め八割くらいの生徒たちが〝生〟を注文した。普段なら、「〝生〟っていうだけでどうして生ビールだと伝わってしまうんだろう。生搾りジュースのつもりの人もいるかもしれないのに。よく集団で飲酒をする人たちの中だけで通じるはずの合言葉が、どの店でもどの瞬間でも伝わるものだと思い込むことは恐ろしいことだな」と内心苛立つところだけれど、今日はそういうのをやめて、素直にこの場に溶け込んでみたいと思っていた。

乾杯からはじまって、同じテーブルの六、七人ずつごとににぎやかに会話が始まる。わたしはビールジョッキになみなみ注がれたオレンジジュースを両手で持ち、勢いよく飲んだ。中身はほとんどブロック形の氷で、よく冷えた少量のジュースがすぐになくなると同時に側頭部をきんとしびれさせた。温かいお茶がほしいな、と思った。

斜め前に座った一年上の先輩が、数少ない男子生徒たちに彼女の有無を聞いて回る。答えはまちまちだが、皆どちらにしても回答をためらいはしなかった。なぜ自分の恋愛の話を他人にできるんだろう。恋が、自分にとってしか意味がなく、そして他人からはどうやっても正しく理解はされないものだということを知っているから、わたしは恋の話をもう誰にもしたくないと思った。話さなければ、わたし以外の人にとっては、ないのと同じだ。ある、と思っているのは自分だけでいい。

作り笑いをしながら小刻みに頷くそぶりをするだけだったわたしの背中に、とつぜん腕が回された。「こっちはなんの話してんの?」と、二つ隣のテーブルにいたはずの中道先生の声が耳もとにかかる。アルコールと生ぬるい息が混じって首もとを湿らせ、へんに緊張する。

「あ、えーっと、彼女がいるかいないかとか、そういう話です」

そう答えると、先生は至近距離からじっとわたしの顔を見つめる。白い肌に、黒髪を鎖骨くらいまで伸ばしたワンレン。生やしっぱなしの眉毛は、皺になりつつある眉間から角度をつけている。

「モモちゃんは？　今彼氏いないの？」

あ、やってしまった、さっさとトイレにでも行くふりをすればよかった。と思った。身体をべったりとくっつけられ、心拍数もつたわる距離では、嘘をつくのは分が悪い。

「いないです」

これ以上深掘りしないでくれ、と祈りながら答えるが、立て続けに「じゃあ〝元〟は？　モモちゃんってどんな男の子が好きなの？　っていうか今思ったんだけど」

気づけば、周りの生徒たちもこちらに目を向けていた。

「どんな子を好きになるのかぜんぜん想像つかない。彼氏いたことあるの？」

「……それが、いたことないんです。だから、あんまりこういう話、わたしに聞いてもおもしろくないです」

そっか、と言ってあきらめて、もっと恋愛経験豊富な人のほうへ話題が移ってほしいと思った。飲み会というものは、なにかしら恥ずかしい部分やカッコ悪い部分をかわるがわる暴露していくことの異常さを、アルコールでごまかして成り立っている。それを、「腹を割って話した」のだと勘違いしている人がこの世のマジョリティだ。罰ゲームみたいで、今すぐにここから去りたい。そう思いながらすました顔を取り繕っているうちに、席を立てばよかったのに。

「そしたら、経験ないの⁉」

「……？」

「だから、エッチしたことないの？」

頭が真っ白になった。先生以外の人たちも、すっかりこちらに意識を向けていた。どうしよう、なんて返せばごまかせるんだろう、だけど、知らないことを知っているふうには振る舞えない。嘘をついたところで、次々と質問されてボロが出るのが目に見えている。

あ、たぶん、そう、です。あはは、へ、へんですかね？　どくどくと震える身体がばれないように目を誰とも合わせず流そうとすると、中道先生はギュッとわたしを抱きしめ、耳もとに置いた酒臭い喉から、聞き耳を立てていた全員に聞こえるように、言った。

「かわいい！　モモちゃんバージンなんだ！　なにそれかわいいー！」

周りの生徒たちも、ぽつりぽつりと、話しはじめる。「かわいいねー」「えーめっちゃピュアだね」「理想高いのかな？」「いいなー純粋で。うちなんかさー」「意外ー」「普通チャンスあるでしょ」、ありとあらゆる意見があるようで、それはどれも同じ色をしていた。わたしは、あはは、と笑ってごまかしながら、ちょっと門限があるので、と嘘をついて、なるべく急いで、居酒屋を出た。三月の夜は冷たく澄んで、自分の頬が真っ赤に腫れていることを知る。暑い。寒い。あんなにばかにされなきゃいけないことだったんだ。ただ好きな人としかしたくなくて、その人との恋は叶わなかったから、だから恋人らしいことをしたいと思う理由もなくなった。そのことがそんなに、ばかにされるようなことだったんだろうか。それとも、ほんとうに、二十歳を過ぎてもセックスをしたことがない、わたしがそんなに異常なのだろうか。

＊

あの日の、胃液がこみ上げるような気持ち悪さを思い出す。あれから二年も経ったのに、わたしはまだ、ばかにされるんだろうか。今からでもごまかして、すぐにでも撮影の仕事を貰って、誰にもバレずに経験してしまいたい。そう考えながらカメラのレンズを見ないように意識していると、わたしの返事を待たずに津崎は録画を止め、星たちのいるオフィスのほうへ駆け出した。

「おい！　この子処女だぞ！　面接やり直し！　専属行けるぞ！」

ファンファーレのような音色を持って響いたその声は、星をはじめオフィスにいた数人のスタッフをわたしの前に呼び寄せた。

「ほんとに？　ほんとに処女なの⁉　なんで言わなかったの⁉　ぜんぜんギャラ変わるよ！」

名前もまだ知らないスーツの男たちが、瞳を輝かせながら口々にそう言った。

予想とまったく違う反応に、どういう表情をしたらいいのかわからなかったが、しばらくすると大吉がやってきてリップの濃いピンクを桜のような薄いピンクに、巻いた髪をストレートに直した。プロフィール写真は撮影され、わたしはセックス未経験の女優として事務所に登録された。

＊

「どうしても、一〇代ってことにしないとだめなんですか？」

たくましい眉毛をハの字に下げ、大きな体を丸めて懇願する男に、わたしはおそるおそる、意見した。

「ぜんぜんそうにしか見えないから大丈夫だって！　ほんとは一八にしたいくらいだよ。君の見た目で二〇以上で売り出すのはもったいないから！　ぜんぜん売り上げも変わるし。だめ？」

広々とした和室ふうスタジオ、大きな照明機材と数十万するらしいレンズを取り付けるカメラマン、目の前に広げられた化粧品。髪を丁寧にアイロンで伸ばされながら、わたしは困り果てていた。

ＡＶ女優というのは、働き方が大きく分けて二種類に分かれる。メーカーと専属契約をして月に一本ずつリリースをしていく専属女優と呼ばれるものと、どことも専属契約はせずに月に本数制限なくさまざまなメーカーの作品に出演する企画女優。専属女優は月に一本ずつ決まったメーカーの作品にしか出られない代わりに単価が高く、ひとりのタレントとして継続してプロデュースされる側面が大きい。メーカーの采配次第でさまざまなメディアへ出演する機会も多く、個人のキャラクターに対してファンが付きやすい。企画女優は、一本の単価が下がる代わりにポテンシャル次第で一月に本数制限なく出演でき、できるだけたくさんお金を稼ぎたい人が自ら望んで専属をやめて企画女優になることもある。しかし出演する作品をしっかり自分で選ばないと、多くの場合専属女優よりも過激な内容の作品に出演することになったり、女優ではなく一般人というていで名前を出さずに素人役を演じることなどもある、諸刃の剣のような働き方でもある。現役ＡＶ女優たちのＳＮＳプロフィールなどを見ていても、「企画女優」と明記する人が少ないのに対し、「〇〇（メーカー名）専属」と目立つ箇所に書く人は何人も見受けられ、彼女らの投稿からは自分に自信を持って美しさを武器に働いているような印象を受けた。漠然と例えるなら、内側から発光しているようにキラキラしている女優は、どこかの大手メーカーと専属契約をしていることが多かった。それだけでも業界内のヒエラルキーが素人からでも窺えた。

わたしは面接を受けた当初、容姿のポテンシャルなどから「専属にはなれないだろう」と判断されていたところを、性行為が未経験だという事実が発覚したことで、それを大きなセールスポイントとして大手メーカーに売り込むことが可能になったそうだ。処女と引き換えに、専属契約を結んだ。からかわれて、ばかにされて、コンプレックスになっていたことがこの業界では付加価値になるなんて、予想だにしなかった。

用意された薄いブルーのコットンワンピースに袖を通し、もともと付けていた薄いベージュカラーのコンタクトレンズを外した。メイクは極端にナチュラルで、眉毛は太いアイブロウペンシルでぼさぼさに太く描かれ、唇にはルージュではなく透明のリップグロスのみ。クマも、そばかすも、あえてコンシーラーで消したりせずに、生の肌感が残っている浅黒い頬に、上気したようなピンクのチークをのせられた。

　一九歳で、田舎者で、まだあどけなく、男の人と手も繋いだことのない女の子が、なにもわからないままアダルトビデオに出演する、という倫理観さえ際どいひとつの架空のストーリーが、ビジュアルに落とし込まれていった。

　そう、鏡でこうして完成形を見ても、この女の子が何歳なのかわたし自身にもよくわからなくなっていた。ティザーサイトをつくるための写真のみの撮影といえど、すでに予算が使われているのもわかる。自分が罪悪感を覚えたくない、嘘を背負いたくない、という個人的なわがままによって、作品の売り上げがぜんぜん伸びなかったとしたら、この人たちは困るだろう。そして売り上げが立たないことによって最後に困るのは自分だということもうすうすわかっている。わたしはもう一度、プロデューサーを名乗る大男に尋ねる。

「ほんとうに、一九歳に見えますか。わたしは」

　もちろんだよ。絶対売れるから信じて！　と、明るい声で言われ、人生二度目の一九歳を演じることになってしまった。

一九歳。一九歳。黒い髪をボブカットに揃え、前髪で眉を隠し、丸いほっぺたで笑ってみせる。一九歳。静岡の田舎で厳格な両親のもと異性との交流を禁止されて育ち、大学進学のために上京。都内の私立大学の文系学科に通い、心理学を選考する一九歳。映画が好きで、映画研究サークルに入っている。大学に入ってから先輩に片思いをしていたが恋に破れ、自分の狭い世界から抜け出したくてＡＶデビューを決めた。プロデューサーが作ったストーリーは見事で、自分のことを意識して美化すればその設定に乗ることはそんなに難しいことではないように思えた。想定されるユーザー層に対してとにかく都合よくデフォルメすれば、わたしの人生はざっくりこういう感じなのだと、捉えられなくもない絶妙なラインだ。もうひとつの世界線で、こんなふうに生きているわたしにそっくりな女の子がいたら、わたしはその子のことを愛せるだろうか。晴れた荒川沿いで、写真を撮られながら想像する。きっと無邪気で、自分以外のあらゆる人たちのことをまずははじめにいい人だという前提で眼差し、素直に笑ってみるだろう。新しい世界に胸を躍らせ、ささやかな失恋に痛む胸をこれから出会うさまざまな人たちとのやり取りでそっと溶かしていくだろうか。

わたしは、かつて自分の中に住んでいて、そしてこの手で殺してしまった、あの女の子のことを思い出す。勇敢で、やさしくて、いつも斜め上から光を差してくれた女の子。わたしはわたしなんかじゃなくてあなたになりたかった。

わたしの顔と身体と声と佇《たたず》まいを持った一九歳の女の子は、「戸田真琴」と名付けられた。プロデューサーとヘアメイクの人が寄り集まって、それぞれ案を出したとき、わたしは、〝マリア〟がいいと思った。マグダラのマリアは娼婦だったらしい。その説にわたしは不思議な共感を覚えていた。娼婦になることと、聖女になることは、ある視点から見るとまるで同じことのように思えたのだ。わたしは誰でもない不特定多数に処女を差し出すことによって、自分を聖なるなにかにしてしまおうと目論んでいた。

マリアがいい、と言ったら、プロデューサーは大きな身体を揺らして笑った。「そんな派手な名前つくような顔じゃないよ、あんた」、それから、〝そのへんにいそうな名前〟というテーマでいくつか候補が出され、多数決によって「真琴」に決まった。

——学生時代は、どんな制服を着ていましたか？

あとから監督の声を消してテロップを入れるから、聞かれたら普通に答えてね、と言われ、台本に書いてあったとおりの質問がされた。わたしは、その次の行に書いてあった言葉を思い出し、少し間を空けてから答える。

「そうですね。ちょうど今着ているのと似ていました。袖を通したとき、懐かしいって思って」

白地に紺色の襟のついたセーラー服の、同じく紺色のスカーフに触れながら、戸田真琴は言った。書かれているセリフのとおりに言えているか不安になるが、カメラの向こうの監督・恩加島と名乗る細身の中年男性は満足そうに頷いている。セーラー服を着たのは人生で二度目だ。最初は、二週間前に行ったティザーサイト用の素材撮り。どちらも、実際の学生が着用しそうなしっかりとした生地のものが用意されていた。

まだ肌寒い空気が背中に当たる。開け放った縁側の向こうには、枯れかけた生け垣や雑草が無秩序に生えそぼっている。土の色まで覇気がない。恩加島いわく、AVのカメラは女優の肌と表情を映すためだけのものだから被写界深度は基本的には浅く、背景の草木なんてぼろぼろであってもはっきりとは映らないらしい。座布団からはみ出たタグの位置まで気にして確認を取るわたしに、聞かれる前に説明をしたのだろう。よく見ると障子には穴が開いているし、もう何年ワックスを塗られていないのか想像もつかなくひび割れた廊下には、板の隙間に細長い漆黒が覗いている。

乾いている。空気が、肌が、木が、畳が、座布団が、唇が、取り囲む男たちの手の甲が、薄ら笑いが、湿度を忘れて点在していた。服を脱ぐときは恥ずかしそうにするんだよ。と、撮影前に言われた。どうすれば恥ずかしそうに見えるんですか？と聞いたら、とにかくボタンのひとつひとつをゆっくり外すんだ。時間をかけて、もじもじしながら。そうすると、服を脱ぐだけでけっこうな時間を稼ぐことができるから。と、返ってきた。事務所の面接に行ったとき、まさか服を脱ぐのが恥ずかしいだなんて悟られたらかゆくて死にたくなっちゃうから、ものすごい速さで脱いだことを思い出す。真の恥ずかしさの表現とは、音速である。このおじさんはなんにもわかっていないな、と思うと同時に、ＡＶというのは、とにかくもじもじとゆっくり脱ぐことをそのまま当人が恥ずかしがっていると解釈するピュアな人間が見るものなのかもしれない、とも思った。

わたしは精一杯ブルブルと震えるふりをしながら、なるべく時間をかけて、ボタンを外した。

身体、へんじゃなかったですか。そう聞きたい気持ちをぐっとこらえながら、メイクルームへ戻る。台本に〝初脱ぎ15min〟と書かれたシーンを終え、シャワーを浴びるように指示があった。わたしの身体はきっとへんである。小学六年生くらいのときに家族で草津の温泉へ行ったときには、父親から「おっぱいちっちゃいね」とからかわれたし、林間学校や修学旅行のたびに目にすることになる同級生の裸体は、もっとめりはりがあった。乳頭の色も形も、恥部の毛の生え方も、なんだか違う気がした。インターネット上に現れる成人向けの漫画やゲームの広告では、白い肌に薄ピンク色の先端を持つ乳房、砂時計形にくびれたウエストに果物のように色づいた頰で女性らしきキャラクターがなにかをせがむ。彼女らの肉体と、わたしの持つ肉体は、似ても似つかなかった。

古民家の風呂場はよく冷えている。タイルのさらに下の、薄暗い土の奥の奥までがすっかり冷えきっているのだということが、足の裏から鋭利に伝わってくる。臙脂色のシャワーヘッドが頼りない水流を押し出し、身体のごく一部をぬるま湯で濡らす。床に置かれたボディソープは、ビオレの弱酸性。黒い太マジックで、制作メーカーの社名が書かれている。鏡に映る身体は薄茶色く、すみずみまで鳥肌が立っている。肌が細かく泡立って、乳房の先端は常温のときよりも色を濃くして縮こまっていた。寒さのせいで、さらに〝フツウの身体〟から遠ざかっていることに、少し焦りながら、苛立つ。このビデオが発売されたら、たくさんの人が文句を言うだろう。女の身体はこうじゃない、おまえはこことここがこんなふうにへんだ、買って損した、と言われるだろう。薄いタオルで全身を拭き、バスローブにくるまる。もうこんなふうに、怯えて生きるのは嫌だ。完膚《かんぷ》なきまでに傷つきたい。誰も触れたことのないなにかを抱えて、誰にも見せないまま生きるには、わたしはもう疲れきっている。鉛のように重くなった未経験という名札を、このさびれた古民家に置いて帰りたい。

帰りたい。帰りたい。どこへ？

＊

「実家帰ったりするの？　親にばれないように気をつけてね。ブランド物とか持っていったらすぐだよ」

大きな身体を黒いTシャツで包んだプロデューサーの安藤が言う。

「ほとんど帰らないので大丈夫です」

ふうん、ひねくれてそうだもんね。となんの気なしに言ってから、「で、静岡にしてもいい？　出身地」と、バインダーに挟んだ書類にメモを取る仕草をしながら聞いてくる。

親や同級生へばれるのを防ぐために、多くのＡＶ女優は出身地までをも偽ることになる。方言がある女優は近いイントネーションの地域の中で。わたしのように、関東出身の場合は強い訛《なま》りのない地域であればどこでもいいらしい。スタジオへ来る道の途中、茶畑が続いていたことから、戸田真琴の出身地は静岡がいいのではないか、という話になっていた。

「静岡なら、俺も住んでたことあるよ」

恩加島が部屋に入ってきて言う。

「なんもないよ。田舎で育った純朴な処女、って感じで撮るけど、実際、田舎の子ほど経験早いよね」

うまく共感できないあるあるを言う顔は、それでも少しばかり、本番前の緊張感が漂っている気がした。

「準備できたらさっきの部屋ね。男優さん、名前は伝えてあると思うけど、初対面の反応撮りたいからまだ会わせないから。でも大ベテランだから安心して」

恩加島にそう告げられ、わたしは小刻みに頷く。緊張を悟られるのが恥ずかしいせいで、お茶をごくごくと飲み続ける。

「ついに処女卒業だね。でも、大したことじゃないから」

その言葉に、わたしは手を止める。

「あんた、処女を大層に大事にしてきたみたいだけど、実際、セックスなんて大したことじゃないから。大事って思い込んでるだけだよ。終わったら、なんだこんなもんか、って思うよ」

言葉が、本音なのか嘘なのか、攻撃なのかやさしさなのか、気遣いなのか嘲笑なのか、わからない。わたしは、なんと返すべきなのかまるでわからず、曖昧に首をかしげた。

「ま、緊張してるのが撮れたらそれで大丈夫だから！　よろしくお願いしまーす」

後ろ手に手を振りながら、恩加島は部屋を出ていった。

ヘアメイク担当が流しっぱなしにしている洋楽ヒッツのようなプレイリストだけが残されて、やかましいまま、時が止まった。

＊

カットがかかり、スタッフからバスローブを羽織らされながら、ふたたび風呂場に移動した。誰かがシャワーを先に出してくれていたおかげで、床はもう冷たくはない。わたしは、ほとんど汚れていない身体を、一応入念に弱酸性ビオレで洗った。変わらずささやかな水流で、ゆっくり全身を流していく。曇った鏡の中から、戸田真琴がこちらを見ている。カラコンをしていない目は真っ黒く、笑顔とも真顔とも呼べない複雑な表情をしているようだった。グレープ味のメントスの香りをした舌。無味無臭の胸板や腕、たぶんわたしよりやや高い体温。やってきた男優の松岡は、どちらかというと好きな類の顔と声をしていて、さわやかに明るく、感じが良かった。なんだ、これじゃああんまり傷つかないじゃないか、と思った。松岡は、硬直するわたしの身体のひととおりに触れ終わると、ズボンを下ろした。わたしは言葉を失った。保健体育の教科書に描いてあった図とは似ても似つかない。あんな淡白な線ではなにひとつ表せていなかったなんて、詐欺みたいなものだ。ちゃんと色と質感と質量まで描いてほしかった。セックスのやり方も、図もなくさっぱりとした言葉でしか書かれていないのは卑怯じゃないか、と、顔も見たことのない文部科学省の誰かに対して怒りが湧いた。こんなもの入るわけないだろう。わたしが処女だと知ったときにクスクスと笑った、大学の女子生徒たちの顔が浮かぶ。高校の教室で「昨日やりまくったわー」と言っていたクラスメイトの顔。あの人たちみんな、ほんとうにこのような物体を使ってやることなのだと、ちゃんとわかってはじめたんだろうか。困惑とそれをなるべく見せないように振る舞おうとするせいで表情筋が脱力していくのがわかる。困った、これは、どういう顔をするのが正解なのだろう。思い悩んでいるうちにも時間は進み、そもそもセックスというものがどのような段階を踏んでどう進んでいくものなのかを知らないわたしには、ただ言われたとおりに辿っていくほか方法はなく、ほとんどすべてが、オートマティックに行われた。

記憶に残ったのは、男性器の予想外の色合いと、皮膚のようで皮膚とは異なる見たことのない質感、そして圧倒的な異物感。そして、あの開け放たれた和室が異様に明るかったこと。十分洗い流してからシャワーを止めた、そのキュ、という音と同時に、わたしの目からはぼとりとなにかが落下した。涙、かもしれなかった。心は平常で、頭もさっきまでの違和感と目新しいなにかを記録するので忙しく、なぜ目から涙が落ちたのか、脳内のあらゆる思考の引き出しを開けても、どこにも答えが見つからなかった。身体のうちいちばん賢いのは、涙腺なのかもしれない。涙が出ているということは、きっと今わたしは、哀しいか、悔しいか、怖いか、あるいは安堵したのか、そういうなにか感情の際《きわ》のようなところにいるということなのだろう。なるべく素直に、そのことを頭でわかろうとした。

＊

「がんばります！」と、カメラの前で言うたび、具体的にはいったい、なにをがんばるべきなのだろう、と冷静になる。桜の花びらが散るなか、白いノースリーブシャツと短パンを身に着け、スニーカーを履いた両足を無邪気に放り出す戸田真琴がプリントされたポスターの前で、わたしは帰り支度をしていた。デビュー作のプロモーションのため、告知動画やチェキを撮りにメーカー本社に来ていたのだった。当然のように稼働費は出ないけれど、自分の出演作品のセールスのために数時間、メーカー広報の人が動いてくれるというだけで心底感激していた。

メーカーとの専属契約を締結する際に、事務所のマネージャー越しに聞かされた待遇は、一本一二〇万円のギャラを事務所と折半して、手数料を引いて、手取り五八万円。契約作品本数は三本。二〇一六年の六月リリースのデビュー作から数えて、七月、八月分まではこのメーカーで撮影しますよ、という契約だった。契約が締結されたのは三月の末で、それがこの業界内でどのくらいのましな待遇であるのかもわからないまま、道には桜の花が咲きはじめた。春だった。戸田真琴という名前が決まった日の帰り、しばらく担当することになったらしいマネージャーの髭野はひょうひょうとして話しはじめた。

「真琴ちゃんも今は〝そう〟だけど、だんだん女の子らしい見た目になっていこうね。服とか髪形とか全部まかせて。美容院も紹介するし、どういう見た目になれば売れるのかのノウハウは全部俺がわかってるから」

少ししたら前髪を伸ばして、茶髪に染めて、新宿のルミネエストの中のなんとなくピンクや花柄の服が多い店に行って、いちばん目立つ位置に置かれたマネキンが着ているコーディネートをそっくりそのまま買ってくるように勧められた。スタジオを出る前、プロデューサーの安藤に言われた言葉を反芻する。「とにかく、大人みたいな服は着ないで。ＧＡＰのＫｉｄｓとか、しまむらの一六〇センチの服とかを普段も着るようにして。髪も染めないで、眉毛も剃らないで、あそこの毛なんか絶対脱毛しないでね。剃ったら売れなくなると思って。ほかのＡＶも見ないでね。プロっぽくなっちゃったら、嫌われるから」

わたしは、髭野と安藤のどちらの言葉に対しても、「がんばります」と言った。ほかの言葉が見つからなかったのだった。メーカー本社のエレベーターには、ＳＮＳで見かけたことのある有名な女優が裸体で扇情的なポーズをしているポスターが貼ってある。豊満できれいな円形のバストを寄せながら股間に伸ばされた手は、指先で局部を広げてみせるように置かれ、その中心にはモザイクがかかっている。女優名と、「四周年記念　中出し解禁」という文字が書かれていた。四周年。丸四年もこの業界で生き残ることは、どんなに大変なことだろうかと想像する。ポスターを見た髭野が、この女優がデビューした当初よくしゃべっていたと話している。

今日の本社訪問によって、わたしはひとつ武器を手にした。デビュー作の出る一ヶ月前からＳＮＳを始めることになった流れで、ブログもやらせてもらえないかと頼んだのだった。

契約内容と、作品の撮影から販売までのタイムラグを考えると、発売された作品の評判を受けてからの契約更新では間に合わない。さらに、撮影を経ての手応えとしても、きっとこれはいい作品にはならないだろうと感じていた。なんというか、なにもかも、わからなかったのだ。これがよいものなのか、自分の振る舞いが正しいのか、この顔や身体はユーザーにとってよいものに見えるのか、それとも求めていないものに見えるのか。この内容はほかのデビュー作と比べてぬるいのか、激しいのか。三度目のセックスシーンを撮影したあとに監督から言われた、「喘ぎ声がうるさいからもうちょっと恥じらいをもって」という言葉を反芻《はんすう》しては、素直な反応が見たいって言っていた言葉はなんだったんだろう、と思い悩む。よかったのか、悪かったのか、できていたのか、だめだったのか。それがまるでわからない。スタジオを去るときも、マネージャーと別れるときも、こうしてメーカー本社で広報社員に出迎えられたときも、SNS掲載用の動画をiPhoneで撮影されているときも、幾度となく「がんばります」と口にしたけれど、その言葉の意味することが、ずっと不明瞭だった。このまま奇跡的に予約が殺到し、奇跡的に契約が延長となる、なんて希望的観測を抱いていたら、きっとその間にもわたしの足もとはがらがらと崩れ去るだろう。となると、もう、作品の善し悪しとは関係のないところで、わたしがこのメーカーの専属女優でいることのメリットを見せるしかないと思った。

具体的には、売り上げ以外のなにかしらの数字で、偉い人を殴らないといけない。きっと男性たちの求める、色っぽい女ではない。だから、愛着を持ってもらうのはどうだろうか、と考えた。

まずSNSでは、来たコメントすべてに、文字数制限ぴったりにぎゅうぎゅうに文字が詰まった返事を書いた。そしてブログは毎日書いた。安藤をはじめとした複数人によってつくられた戸田真琴という女の子の物語は悪くなかった。それを丁寧になぞって伝えていけば、興味を持つ人間が広いインターネットの海にはいくらでもいるような気がしたのだった。


ひとつでも作戦がすべったら、わたしはすぐにでも食いっぱぐれるだろう。裸になる瞬間のビデオも、セックスシーン三回分と自慰シーン一回分のビデオも、この会社のどこかにあって、はじめからまったくなかったことにすることは、もう二度とできない。今から怯もうと、取り下げを希望しようと、それが通ることはあってもデータが存在する事実は消えない。心理的には、なんの取り返しもつかないのだから、少しでも自分を取り囲む状況をましにするために、できることはすべてやるしかない、と思った。

＊

フリック入力のしすぎで腱鞘炎になった右手首に鍼治療をしていると、マネージャーから連絡が来た。

「次のイベント、チケットが一日でなくなったって」

わたしはちいさく安堵した。徐々に作品ページのブックマーク数が増え、ＳＮＳのフォロワー数が増え、ブログの閲覧数が増え、サイン会への反響も届いた。

セーラー服を着用し、はじめて秋葉原でサイン会をしながら、かわるがわる現れては名乗っていく男たちの顔と名前とＳＮＳアカウントのアイコンを必死で一致させたのは無駄じゃなかった。まるい眼鏡をかけた白髪の男性が、ぴょんさん、と名乗ると、頭の中に眼鏡を掛けた白いウサギがぴょんと跳ねる映像をつくった。ユニクロの無地パーカーに、黒髪の角刈りの、まっちゃんと名乗る男性は、ええっと、マイメロディの封筒に手紙を入れてくれたから、マイメロディのまでまっちゃんで、パーカーを着たマイメロを頭の中に歩かせた。メモを取りたい。目が回る。目をしっかり見て、しっかりと両手で握手をする、その数秒できっと覚えることができると信じながら、祈るように手を握る。いい人が多いな、と思った。わたしなんかのことを知って、いいなと思って、電車に乗ってお金を払ってアダルトショップの六階まで来てくれるなんて、きっとやさしい人なんだろう。自分が相当にくたびれていることに気づく隙間もないうちにイベントは終わり、まっちゃんのくれた手紙をわくわくしながら開封したら、男性器の写真と婚姻届が入っていた。

＊

ＳＮＳのフォロワーが一万人を超え、ブログの内容がＡＶ女優らしくない緻密《ちみつ》さだと著名人に言及されはじめた頃、契約延長が決まった。あと二本、追加で撮りたいそうだった。わたしは、明日撮影の三作目はどんな内容だろうか、と考えながら眠った。親しみを感じてくれるファンの人も増えてきたし、イベントで「だいすき」って言うとたくさんの人が喜んでくれるし、ラブラブ同棲生活、とか、そういう可愛らしい内容のものが撮ってみたい。

翌朝になり、都内から二時間ほど車移動したのち、大きな湖のほとりにある洋館風のスタジオに到着した。メイクルームに、いつもどおり台本が置かれている。わたしはそれを覗き込んだが、書いてある文字の意味が、一度では、受け入れられなかった。

「戸田真琴　中出し解禁」

コンドームを装着しないセックスのことだ、というのはわかった。メーカー本社のエレベーターで見た、有名女優のポスターを思い出す。四周年記念。四年。そしてここにあるのは、デビューから三ヶ月目の、戸田真琴の台本。ぺらりとめくると、悪寒はさらに深いところまでをも凍りつかせた。絡みシーン開始、と書かれたあと、数行後に見える、「コンドームを外す」の文字。そして、戸田真琴のセリフとして書かれた、「生でするの、気持ちいい」「赤ちゃんできちゃったら、どうしよう」などの、文字。頭皮の毛穴がぞわっと開き、冷や汗が漏れ出る。わたしは、喉が張りつくのを感じながら、恐る恐る、安藤を探して訪ねた。あの。わたし、ピルとか、飲んでません。これって、終わったあと、なにか対策をしてもらえるのでしょうか。え？　と、まぬけな声を出して、安藤は言う。

「対策って、なにが？　え、髭野さんから聞いてない？」

なにを。なにが。なんで、誰もなにも言わなかったんだろう、AV女優ってみんなこれを越えてきているんだろうか。運まかせなの？　妊娠って、どんな確率でするものだっけ。帰ってからすぐに産婦人科に行けばなんとかなる？　アフターピルって体調がすごく悪くなるって聞いたことがある。明日以降の仕事ってどうなっていたっけ……。考えるほどに目眩《めまい》がする。窓の外では、湖に反射した太陽光がきらきら揺れている。ヘアメイク担当の人が洋楽ヒッツを流しはじめる。万が一のことを考えて、ピルを飲んでおくべきだった。万が一があるって、誰かそれを教えてほしかった。

一周考え終わると、ふとはじめに思考が戻る。わたし、三本目、たった三本で、解禁って書かれている。三本前にはじめてセックスをしたのに。こういうものなのだろうか。四周年記念、中出し解禁。と書かれたゴールドのエンブレムのポスター。

わたし、三本。三本で……。五八万円で、今日一日、きっといつもどおり三回分のセックス。妊娠する確率。三本目。窓の外が異様に明るい。晴れている、戸田真琴は、晴れ女だった。これまでの撮影日はすべて晴れている。雲ひとつない。ヘアメイクさんが呼ぶ声がする。行かないと、もうスタッフがすっかり準備を始めている。どうにかして今日を終わらせないと。この台本のとおりに、これを、たった五八万円をもらうために。

広いロビーで身体を動かせないまま立っていると、ADらしきスタッフが話しかけてきた。

「戸田さん、卵アレルギーじゃないですよね？」

紙コップに入った液体を、割り箸でぐるぐると混ぜている。卵、昼食にでも出るのだろうか。

「アレルギーも好き嫌いもないので大丈夫ですよ。あ、ピーマンだけちょっと苦手です」

と返すと、はあ。と不思議そうな顔をした。そして、

「はじめて見るかもしんないっすけど、これ。ギジセイシです。今日中出しものなんで、これ使うんすけど、アレルギーだったら粘膜に触れたらやばいんで、確認」

ギジセイシ。……疑似、精子。

「もしかして、ほんとうにはしないんですか？　中出し」

わたしが聞くと、

「え、説明受けてないんすか！」

と驚きながら、ＡＤは教えてくれた。

モザイク越しで認識しにくい、肌に近い色のコンドームを着けたまま、射精にちょうどいいタイミングでこの卵と練乳で作られた疑似精子を垂《た》らすのだそうだ。

「そんな、ほんとになんて、なかなかやらないっすよ今どき」

窓からの光を頬につるりと反射させながら、ＡＤは笑った。

はああ、とわたしは大きなため息をついて、メイクルームへ向かう。とてもよく晴れている。ダイエットも成功して、顔の調子もよかった。笑ってないと普通よりもブスだから、なるべく歯を出して笑うんだよ、とメーカー広報の人に言われた言葉を思い出し、鏡の前で笑顔の練習をする。妊娠しないなら、まあ、いいか。あきらめて、今日もよくやろう。ベテランのカメラマンがスタジオに入ってきて、はつらつとした声で、挨拶をする。「あ、真琴ちゃん。デビュー作売れてるみたいだね。今日もがんばってねえ」。わたしは、なんだかはじめて意味がわかったようなつもりで、「がんばります」と言った。この職業で最もがんばらされるのは、たぶん、心だ。

＊

約二ヶ月後のことだった。「戸田真琴　中出し解禁」と書かれたそのパッケージでは、畳の上で体育座りをしながら、首をかしげて戸田真琴が微笑んでいる。なかなかかわいく写っているじゃないか、と思い安堵した。こんな作品が出ますよ、という紹介のためのブログ記事をＵＰして、あとは予約がたくさん入ってくれるのを祈る。

あの撮影のあと、街灯ひとつない山道を走る帰りの車の中で、髭野に質問した。

ビデオの内容は毎回、先にメーカーから担当マネージャー宛てに打診があるらしかった。そこで今回の内容を聞いた髭野は、一度は「まだ早い」と渋ったそうだ。しかし安藤から、

「売れてるからこそですよ。誰も見向きもしなくなってから解禁するより、皆が注目しているときに畳み掛けたほうがいい」

と言われ、納得したと言う。誰も見向きもしなくなってから、という言葉が連想させる凄惨な景色に、フロントガラスに映る真っ暗な山道が重なる。誰も、見向きも、しなくなってから。おそらく、この言葉はそのまま女優本人に伝わることを想定されてはいないだろう。だけれど、この世界のどこかに、戸田真琴に対し、「誰も見向きもしなくなるだろう」と、すでに予想した人がいる、ひとりは確実に今いるのだ、という事実が、みぞおちのあたりをがらんどうに暗くさせた。だけれど、その言葉や髭野が独断でＯＫを出したことなどに、あらためてちゃんと疑問を持つには、もうわたしの体力はほとんど残っていなかった。わたしは、そうだったんですね、とひと言言い、助手席のリクライニングを少し倒すと、泥に沈むように眠りについた。

作品の予告を載せたブログ記事に二件、コメントがついていた。ひとつは、「処女だった真琴ちゃんが中出し解禁してくれるなんてサイコーです！　絶対買います！　生のセックスは気持ちよかったですか？」という、いつもどおりの、よくあるコメント。もうひとつは、よくSNSにもコメントをしてくれている人だった。そのひとのコメントは、いつもこちらになにかをねだる感じが一切なく、さっぱりしていて、感じが良かった。イベントにも足を運んでくれ、セクハラじみたことは一切言わず、少しシャイな感じで、たまに花束をくれた。

「こんな早さで中出し解禁だなんて、生き急いでいるのではないかと心配になります。ちゃんとピルは飲んでいますか？　ピルはピルで、合わない人にとっては身体に負担もあると思うから、体調管理気をつけてね。太りやすくもなるって聞くけど、ダイエットなどは無理ない範囲でね。少し複雑な気持ちだけれど、真琴さんの覚悟を受け止めて、作品購入します」

それを読み終えてからやっと、今起こっていることの惨《むご》たらしさに気がついた。脳の両側から急激に血の気が引いていくような、極端な脱力感。唇がわなわなと震える。そして同時に、髭野と、安藤、ふたつの顔が憎悪とともに浮かんだ。

なにが、妊娠しないから大丈夫、なんだろう。なにが、みんないつかはやるものだから大丈夫、なんだろう。なにが、これで作品の幅が広がるからむしろいいこと、なんだろう。なにが。なにが、今のうちにやっちゃおう、なんだろう。この人のように、ＡＶのすべてをほんとうのことだと信じているユーザーにとっては、わたしは、処女からたった三ヶ月で膣内射精をされる様をビデオに撮って販売される女で、妊娠する危険を抱えながら運まかせに身体を委ねた女なのだ。台本に書かれていて、わたしが読んだあのセリフのとおり、「好奇心があって自分から進んで膣内射精を懇願した女」なのだ。

実態がどんなに違っても、ビデオの販売数に影響することを考えると、そんなことは言えない。言わない。作品のセールスの邪魔はしたくない。そんな権利はわたしにはきっとない。だけれど、なにも言わないと、戸田真琴はこの人たちにとっては目に映ったままの女として解釈される。そのことを、止める方法が、見当たらない。なに、卵と練乳に安心していたんだろう。あの場所にいなかった誰かにとっては、それはきちんと、男性器から分泌された精子を意味するのだ。

戸田真琴という、生き急いでリスクも考えずばかなことをした女のビデオが、来月には全国に流通する。撮影までの話し合いの中で、プロデューサーとマネージャーの頭の中で戸田真琴は粗末に膣内射精をされ、タイトルが出てそれが知れ渡った今目にした数多のユーザーの頭の中で戸田真琴は生き急ぎ粗末に膣内射精をされ、そしてビデオが発売されたら、その映像の中で戸田真琴は粗末に膣内射精をされる。五八万円、きっとものすごい価値があるんだろうな、いったい、なにに使おうか、と考えた。家賃を払って、食費と生活費に充てて、それから大学の奨学金を返済して、免許合宿に使った学生ローンの返済をしたら、残った一五万円くらいを持ってヨドバシカメラに行こう。ノートパソコンと、マイクロソフトオフィスを買い、今思っていることを word に書こう。夜は、寝て起きるまでは永遠に続くけれど、明け方くらいまでなら、明朝体を打つ音でごまかすことができるだろう。

＊

西武新宿線野方駅から徒歩七分。環状七号線に面したそのマンションの、ロビーには花が生けてあった。オートロックを開けた正面に高さ五〇センチくらいの生花。そして、エレベーター脇には一輪挿《ざ》し。三階へのぼって、廊下の奥の突き当たり、三〇一号室の鍵を男が開けた。動きに合わせてしなやかに動く濃紺のスーツが、菊池という不動産屋の男のシルエットをくっきりとかたどっている。その鋭角の肘をすり抜けて、久保田がどたどたと部屋へ入る。

「まこっちゃん、ここいいじゃん。ここにしなよ」

彼が脱ぎ捨てた、擦り切れそうな茶色のビーチサンダルを端に揃えて、わたしも部屋へ入った。

一〇帖ほどのワンルームに、カウンター型のキッチン。道路に面した窓は天井までびっしりと大きく設置されているが、二重になっているため車の音はほとんどしない。大きなミントグリーンのガラス扉を開けると、直線とガラスタイルを基調としたデザインが施されたバスルームがある。家賃は一〇万円。今日見て回った物件の中で最もしっくりくる部屋だった。

スーツとは対照的な、Tシャツにダメージジーンズ姿の久保田は、天然パーマの縮れた薄茶色の髪を指先でいじりながら言う。

「菊池さん、俺の部屋もだし、ほかの女の子の部屋もいつもやってもらってるから。審査通すためのコツみたいなのあるから、ちゃんと聞いとくといいよ」

八月になって担当になったマネージャーは、摑みどころのない男だった。いつも擦り切れたサンダルを履いて、手首にぼろぼろになったミサンガを巻いている。今日は、それまで住んでいた調布のアパートに三日連続でゴキブリが出たことを相談した結果、どうせなら仕事もしやすいようにもう少しいい部屋に引っ越そうという話の流れになり、〝こういう仕事〟の人がよく世話になるという不動産屋の菊池を紹介してくれたのだった。

この物件に決めます、と告げたあと、菊池は黒光りする肌に白い歯をさらに光らせ、段取りを教えてくれた。――まず、この資料を読み込んでおいてください。会社名と、役職と、月収とその手取り。で、これがそこから算出した年収。管理会社から電話がかかってきたときに、少しでも言いよどんだり間違えたりしたら疑われるので、見なくても言えるくらいにね。そのあと、会社にも在籍の確認がされます。会社自体は名前だけで、実際には存在しない会社だけど、そこはちゃんと在籍してるってていにしてもらえるので安心してください。

それから、親御さんへの連絡が難しい場合は、月一〇〇〇円くらいで保証会社を使うこともできますけど、どうしますか？

まるでそっちのほうが当たり前であるかのように、菊池は言った。当然、という感覚で、わたしは保証会社とも契約をした。両親にも姉にも、AV女優になったことを言っていない。告げる予定もなかった。


デビューすることが発表されて以降ずっと、SNSやブログ、AVの販売サイトのレビューなど、ありとあらゆるところにとにかくさまざまな言葉が書き込まれた。それらはどれも違っているように見えて、同じ類のものにも見えた。

その中には「親が悲しむようなことをするな」「お父さんとお母さんは知ってるの？」などのステレオタイプな発言も多く、わたしは、余計なお世話だな、と思っていた。

母からも、父からも、頻繁に連絡が来る。

〝どこに住んでいるのか教えて。そっちに家事しに行くから〟

オートロック付きの物件になんか住んでいたら、どうしてこんなに高級そうなところに住むの？　と問い詰められることは簡単に予想がつくので、絶対に言わない。〝おまえが俺たちに頼らないでひとり暮らしなんかできるわけないだろ。へんなオヤジに金とか貰ってるんじゃないだろうな〟

残念。へんなオヤジに金もらってる程度ですんでいたらまだよかったよね。

デビューしてから、地元にもあるチェーン店のDVDレンタルショップに作品が並んだり、コンビニにも並ぶ雑誌の表紙になったりと、それなりにアナログな場所にも姿を現していた戸田真琴だったが、両親はほんとうに世間の流れに疎《うと》いらしく、一向にばれる気配がなかった。

ひときわ地味な服を着て、駅前の雑貨屋で二〇〇〇円で買ったトートバッグに荷物を詰め、すっぴんにキャップを深くかぶって久しぶりに実家に帰ったときも、彼らはわたしがいた頃と同じように、同じ場所を迂回していた。毎週土曜に、車で三〇分の場所にある丸亀製麺へ行って全員でうどんを食べ、その隣にあるヤオコーで一週間分の食材を買う。母親や姉が移動時にねこなで声で、何度も何度も機嫌を取りながら希望を伝え続けると、三回に一回は、そこから二、三キロ先にある本屋とレンタルＤＶＤショップの複合施設まで連れて行ってもらえる。わたしは久々にそのルートを辿り、こっそり見て回ったが、本屋にはアダルトコーナーはなかったし、レンタルショップは母と姉の手前、父は黒いのれんの向こうへは行かないようだった。この家族の暮らしは、ほとんどこの数店舗を把握したらすべてだった。意外と、警戒しすぎなくてもばれないかもしれない。わたしは引き続き料亭でアルバイトをしているという嘘をつき続けることにしていた。

＊

そう、デビューしてから半年くらいの間、誰にもこのことを言っていなかった。事務所への所属が決まった時点で大学や当時の知り合いのメールアドレスを根こそぎ削除した。中学と高校はそれぞれの卒業式の帰り道に削除していたので必要はなかったが、念のため Facebook からも退会した。このときのわたしには、友人と疑いなく呼べる人がひとりもいなかった。ＡＶ業界とそれを通じてわたしを知った人たちは、モモを知らない。モモのかつての友人たちや家族は、戸田真琴を知らない。それらふたつが重なった場所にしかないわたしという実態のことは、この世の誰ひとりとして、ほんとうには知らないということになる。それは、自分自身がドーナツの穴になったようで案外心地がいいことだった。

はじめにばらした相手は、姉だった。ある日、濡れそぼった子ねこの写真が送られてきたのだ。姉は高校を卒業後、地元の大学の芸術科に入学したが、教師と方針が合わずに半年で退学した。その後、アルバイトを転々としてはいたが、もともと身体が強くはなく、気圧やストレスの影響をもろに受けては体調を崩し、一度休んでしまうと、休んでしまったという負い目が重なって徐々に職場へ行けなくなる、ということを繰り返していた。そのため、父とも母とも精神的折り合いがつかないままで実家暮らしを続けるしかないのだった。姉が何度目かの自主退職をし、寄る辺なく無職を味わっていた最中に拾ったのが、そのちいさな子ねこだった。

ねこは雨の日に拾われたので「あめ」と名付けられ、はじめは目にも足にも怪我をしていて、歩きづらそうにしていたそうだ。身体も痩せほそり、毛並みもまだらになって弱りきっていたところを、姉は寝る間も惜しんで看病したらしい。温かいお湯で洗ってやり、毎日根気よくミルクと子ねこ用の栄養価の高いエサを与え、引っかかれながらも同じ布団で眠った。ねこにつられて再びわたしが帰省した際、出迎えた姉の両手は引っ掻き痕で網目模様になっていたが、自分の手でハサミを握りしめてつくった傷とは根本的に違って、明るかった。

すっかり元気になってきたらしいねこは、薄いグレーの細い毛を全身からふわふわと生やし、怪我をした片目も少しだけ開くようになっていた。角ばって見えるほどにやせていた身体は華奢ながらも曲線を取り戻していたし、なにより姉によく懐いている。

ねこを触っていると奥の部屋から父と母が出てきた。すでにどこか、姉と両親の間に緊迫した空気を感じた。姉はすぐにねこを抱き上げると、父と母を無視して自室へ戻った。

母は、

「モモちゃん聞いた？　あいつ、ねこ飼うとか言ってるの。このマンション動物だめだし、破ったらママたちが意地悪されるかもしれないのに」

と、眉間に皺を寄せ、見慣れた、世界で自分がいちばんかわいそうだとでもいうような不貞腐れた話し方でそう言った。そこにかぶせるように父も、

「どうしても飼いたいなら自分で働いて責任取れっつってんだよ」

と、はきはきと通る声で言う。大きな犬の鳴き声よりも大きく、この父は可でほとんど鳴かないねこが不可である根拠はほんとうに説明できるのだろうか、と考える。

その声を聴き、奥の部屋の扉を開いた姉が、

「だから、鬱で働けないから頼んでんじゃん！」

と、返す。

そこに父が、

「てめえ甘ったれてんじゃねえよ。普通はおまえの年齢の大人は普通に働いてひとり暮らししてそれからねことか飼うんだよ。仕事やめなきゃ飼えただろうがよ。文句言うならまともな社会人になれよ」

と、罵倒する。

わたしはなるべく冷静な態度を装って、現実的にこの家を引っ越してペット可の

物件にする線か、大家さんに事情を説明して特別に許可をいただく算段を考えるか、あるいは信頼できる施設を探して里親に出すか。そのどれかしかないのではないかということを説明し、相談をしようとしたが、父も母も断固として、姉がいい年して定職につかないことが悪い、という、なんの解決にもならないことを繰り返し文句するに終止していた。

これはだめだ、と思ったわたしは、ほんとうは使いたくなかった奥の手を使うことにした。姉の部屋にノックして入り、ねこを抱きしめる姉に向かって、リビングには聞こえないちいさな声で話す。

「わたしが、今なんの仕事をしてるか知ってたりする？」

姉は「知らない」と言う。

「AV女優ってわかる？　明日花キララとか上原亜衣とか。今わたしAV女優をしていて、一応安定した収入があるの。たぶん思っているような額ではないけれど、でも一般的な同じくらいの年齢の女の人より少し多く貰ってるから、ほんとうにこの家を出たいと思ったときとか、ねこと暮らすために部屋を借りるときとか、少しはお金が貸せるから連絡してね」

　そう言い終えると、わたしは冷静になって、あらためて血の気が引くのを感じた。妹がＡＶに出てるって、嫌かもしれない。引いたかな。だけれど、ほんとうに困ったときには頼ってほしかった。べつにわたしのことを理解しなくても認めなくてもいいから、手段があることは知らせたかった。

　姉は、なぜかまったく曇りのない表情をしていた。そして、「すごい。モモちゃんはいつも勇敢ですごいね。憧れる。わたしも夜の店に憧れあるけど、大勢の人に知れ渡る職業にはなれないし、通用しないと思う。モモちゃんはなんでも自信を持ってやれるんだねえ」

　それは羨望の音色をして語られた。自分がいつも憧れているものになれないこと。わたしがいつもそれを追い越していくこと。自分の人生を自分で切り開く勇気がすごい、と言って讃えられた。

＊

「ＡＶ女優をやるなんて、すごい。尊敬する」という言葉は案外聞く機会が多かった。そこには、（そんな過激でリスクのある仕事、自分はできない）という遠回しな嫌味が含まれているることもあったが、なかには他意のないシンプルな尊敬の念からそう言っているんだな、とわかることもあった。「勇気を出してくれてありがとう」などと言われるのはざらだった。〝勇気を出して、知らない世界へ飛び込んでみた〟というのが、純情なイメージを保ったままＡＶ出演の理由を述べなければならない女優たちの話す定石だった。

わたしは勇敢だったのではなく、ただ自分自身をゴミのように扱う才能があっただけだった。ＡＶ女優という職業をするために必要なのは、セックスのテクニックよりも、端麗な容姿よりも、きれいな肌や歯よりも、健気さや思い切りのよさよりも、素直さよりも、ただ、自分のことなんてどうなってもいいのだと心の底から思い込むこと、その持続力だけだった。ただ自分を大切にするという項目のタガを自主的に外しさえすれば、誰だってなることができる。そういう職業だと思っていた。それは、ある意味では正解のすべてではなかったが、ある意味では、そのとおりのことだった。

そしてとうとう、匿名掲示板に設定ではない個人情報が羅列される日が来た。長らく使っていなかったため消しそこねていたmixiのアカウントが晒《さら》されていたのだった。久方ぶりに見た、オレンジ色のスクリーンショットに、高校時代のプリクラが貼られている。姫カットのロングヘア。イメージが崩れると怒られるんだから、やめてほしい。

「なんだ、こんなにサバ読んでたのか。承認欲求強すぎだろ。」「すぐオバサンじゃんｗｗ」「〇〇歳はババア」「サバ読み戸田真琴ホントは〇〇歳ｗ」「サバ読んで一九歳に見せてるやつ逮捕しろよ」「オバサンの若作りキモ」「処女も嘘乙」「なんだ二〇超えてるってことは処女も嘘か」「もう抜けなくなった」。羅列されたコメントを見ているうちに、日付が変わっていた。九月四日。戸田真琴ではなく、わたしの、田崎モモの誕生日だった。さらにオバサンになったと書き込まれることがすぐに予想できる。画面を上下にスワイプし、掲示板を更新すると、一件書き込みが増えていた。

「あ、今日リアル誕生日じゃん。おめでとう」

わたしはちいさく笑った。窓の外では切れかけの街灯が点滅し、カーテンの隙間から光を出入りさせていた。

＊

ブログを書けば書くほど、執筆の仕事が増えれば増えるほど、事務所に届くわたし宛てのファンレターも増えた。毎月、事務所にギャランティを受け取りに行く。ＡＶの出演費、五八万円。イベントの出演費、一日一万二〇〇〇円。今月は秋葉原で八〇名×二部計一六〇名のサインと撮影会と、地方イベントが一日ずつだったので、二万四〇〇〇円。ヌードイメージビデオの撮影が一泊二日で七万円。トークイベントのゲスト出演が五〇〇〇円。そこでのチェキ会売り上げが三万円。着用済み下着のオークションが二〇万円の折半で一〇万円。コラム執筆料が一万円の折半で五〇〇〇円。それぞれ一枚ずつ領収書を書いて、判を押し終わると、封筒にまとまった現金を受け取る。奥のほうから髭野が出てきて、

「こんなに毎月やまほど手紙が届く女優は戸田ちゃんだけだよ」

と言いながら、ざっとみて一五通はあるであろう手紙の束を渡してくる。わたしはカバンにそれらすべてをおもむろに詰め、会釈をして事務所を出る。

色のかわいいゴミ屋敷と化している部屋に帰り、五八万円＋数万円の入った封筒を満員に散らかったテーブルの上へ放り投げ、水道水を飲みながら手紙を読む。はじめは性欲処理のためにファンになったが、言葉を読んでいるうちに人として好きになったという旨のもの、デビュー作のこと細かに書かれたレビュー、自分も性経験がないことがコンプレックスになっているという吐露、刑務所の中からの手紙、戸田真琴をイメージしてつくられた曲の入ったＣＤ、自分の顔写真、片側の情報が埋まった婚姻届、男性器の写真、ＬＩＮＥ ＩＤ、名刺、自分の出演する舞台のチラシ、昔撮った自主映画のＤＶＤ、電話番号、戸田真琴の身体のパーツの色や形についての批評、自分はＡＶ女優を見下したりせず人間として認めてあげるという旨の手紙。ほとんどはひどすぎてどう反応していいかすらわからないものだったが、ごくまれにひとかけら、素直にうれしい言葉が交じっている。たったひとかけら、一五通あれば一通か二通、ただ自分の見て感じた世界のことを書いてくれる人がいる。わたしが書いていたものの感想を書いてくれる人がいる。鎌のようにするどい雑草を抜け、たった一匹、ちいさな生命をみつける。朝露を照り返しながらたおやかにうごめくちいさなてんとう虫を見つける。どこかにいるとわかっているから、まったく打ちのめされる気配がなかった。戸田真琴がどんな形であれ有名になるごとに、まだ出会っていない誰かに、近づいているような予感がした。

わたしの書いたものを読んで感じ入ったことを言葉にしてくれた手紙を読むとき、顔も知らないその人と喫茶店でお茶をしているような気分になった。便箋に羅列された文字の質感から書いている姿を想像し、レターセットの選び方から服やインテリアのセンスを想像し、貼られている切手の絵柄から繊細さを想像した。自分の痛みに鈍感で、他人の痛みに敏感で、こちらを心底傷つけまいとする配慮がすみずみにされた手紙が好きだった。

数ヶ月に一度手紙を送ってくれるその差出人は、ほかのほとんどすべての差出人と違って、ニックネームのみで自分の本名すら書かなかった。それでも、同じ人だとわかった。いつも白地に星屑や白い羽根が慎ましく型押しされた封筒を選び、こぢんまりと遠慮がちな筆跡で、わたしの発信したものへの感想と自分自身の話をバランスよく書いていた。その考え方や物事の感じ方は、これまで触れてきたどんな他人の話よりも自分に似ている気がしたけれど、当の本人は、あなたと僕は似ていると思います、とはひと言も書かず、ただシンプルに、称賛と尊敬の念を伝えていた。やまほど書いているブログのたった一行に共感したくらいで、「戸田真琴さんと僕は似ている」と堂々と書き、末尾にＬＩＮＥ　ＩＤと電話番号が載っている手紙を数えきれないほど読んできたわたしには、ニックネームしか書かれていないその便箋の端っこが、眩しかった。

＊

「まこっちゃんってさ、いつかファンと結婚しそうだよね」

白いベンツを運転しながら、久保田が言う。オフ会と呼ばれる、サイン会よりも少人数規模のファンイベントの帰り道だった。もしこの言葉を言ったのが安藤や髭野だったら、カチンときて黙りこくっていたことだろう。あなたは、わたしがどういう言葉を受け流して、どういう言葉に傷ついて、どういう理由でそれを笑顔で受け入れたふりをし続けているのか、ひとつも知らないのにそう言うんですね。と、淡々と言い返したかもしれない。だけれど、久保田は彼らとは違っていた。

わたしは、事務所に所属してから一年ほど、担当マネージャーのころころと変わるタレントだった。花柄のワンピースを着ていないと「なんでそんな服着てるの？それでほんとうにイベント出るの？」と言う髭野に嫌気が差した頃、金田というマネージャーに担当が変わった。金田は事務所でいちばん若く、まだ二二歳で、はじめに現場への送り迎えをしてくれた車の中で、

「僕は男優になるのが夢で業界に入ったんです。チ◯コがでかいのが自慢なので」

と語っているのを聞き、この人は信用しないようにしようと思った。

親しみを持たれたくないので会話はなるべくシンプルに努め、自分のことはなるべく話さないようにした。金田はその後、ほかの所属女優を口説いたとか、事務所の鍵を閉め忘れたとか、さまざまな不祥事を起こした末、わたしのグッズやチェキの物販の売り上げを持ったまま飛んだ。ネット掲示板には、「戸田真琴は最近ついてる若い男のマネージャーと付き合ってる」と書かれていた。

その後に担当として紹介されたのが、久保田だった。待ち合わせた新宿東口ロータリーに、白いベンツで現れた。ドアを開けて助手席に乗り込むと、「ベンツだけど、いちばん下のランクのだから気にしなくていいよ。俺、普通に日産とか買おうとしてたんだけど、社長にいろんな車一回は乗ってみろって連れ回されて、ベンツも乗るだけ、乗るだけ、って言われて試乗したら乗り心地よすぎて、まんまとローン組んだ。騙されたみたいでしょ」と、ぺらぺらとしゃべった。ベンツの助手席は、たしかに、シートの形からして人の骨格に沿おうとするようで乗り心地がいい。

「騙されてくれてラッキーです」

と言うと、久保田は男子高校生のような声で笑った。

「おれ、まこっちゃんに会ったのはじめてじゃないの覚えてる?」

信号待ちをしながら、久保田は聞く。記憶を辿っても、身に覚えがなかった。

「最初に、待ち合わせたことあるでしょ、新宿三丁目で。メンエスの」

すっかり忘れていたけれど、わたしは事務所に所属してからデビュー作品が発売されるまでの二ヶ月くらい、事務所に紹介されたメンズエステサロンで働いていた。

メンズエステというのがどういうものなのかわからないまま、「誰でも紹介してるわけじゃないから。ある程度見た目の整った子しか働かせてないし。この前なんか、一日で七万持って帰った子もいたよ」と事務所の幹部の人に言われ、ほかに稼ぐ当てもないので、従ったのだった。久保田は、その店で最初の研修に行った日に、店まで送ってくれたマネージャーだった。

「マリア」という名前をつけて、新宿の奥地にある古い高級マンションの個室で客が来るのを待った。ライトが薄暗いからか、容姿について否定的なことを言う人はAV会社で出会う人たちよりも少なかった。勤務内容は個室でのマッサージが主で、全身をマッサージしたうえで鼠径《そけい》部に近い箇所をくすぐったくなるような軽さでしばらく触るといいらしい。性的なことをダイレクトに受け取ることを自然に拒否しているわたしは、「いろいろ察して、お客さんが喜ぶようにやってあげてね」という店のオーナーの発言を聞こえなかったことにして、指定された時間いっぱいいただく本気でマッサージをした。マッサージというのは不思議なもので、どこが疲れているかよく聞きながら、その部分を何度も丁寧に力を込めてさわっていると、なぜか自分自身の身体を大事にしているような感覚になった。九〇分なり一二〇分なりマッサージされつくしたお客さんはたいがい途中で寝落ちて、鼠径部のことを忘れて去っていった。なかには、「こんなきれいな女の人にマッサージしてもらえるなんて、生きててよかったです」と泣き出す人さえいた。わたしは、三〇代くらいに見えるその客の、中肉中背の青白い肩を抱き、黙って添い寝した。一日に七万円もらえることはさすがになかったが、週に二、三日出勤すれば生活していけるぶんくらいはもらえた。指名が止まらないキャストもいる中で、わたしはおそらく不人気キャストだったけれど、ひとりにひとつずつ与えられた部屋という窓のない箱の中で、電話が鳴るまでただなにもせず待機しているとき、ペットショップの犬やねこになった気分で、悪くなかった。わたしには、どこか自分に値札をつけられ商品として販売され、売れ残ったり、安い値段で買われたりしてみたい、というような、ねじれた自傷癖があるようだった。

ただ本気でマッサージをしてたまに愚痴を聞く相手になり、腕枕して添い寝して、後のたいがいはスマホを触りながらごろごろとする、そういう生活が続けばよかったが、ある日客のひとりに襲われかけ、退職することになった。お笑い芸人の卵を名乗るその金髪の男は、これまでさまざまな場所で同じようにセラピストや風俗店キャストを言いくるめてきたのだろう。会ったことがあるらしい有名芸能人の名前を列挙し、軽快にトークを繰り広げていた。芸能事情に疎《うと》いわたしは、半分くらいわからないその名前たちに「へえ」と「そうなんですね」を繰り返し淡々と対応していたが、背中のマッサージが終わったところでとつぜんに両肩を強く押されて身体を倒され、次の瞬間には顔の目の前に男性器が露出されていた。舐めてよ、と言ってくるその顔は間接照明の位置からして逆光になってよく見えず、力も強くて起き上がれもしない。ぬらぬらと光る性器が口もとに押しつけられる。唇を開けられないから、声も出せない。よく、ドラマとかで登場人物が交通事故に合うときにトラックがスローモーションになる演出があるけれど、あれみたいだと思った。実際に目の前におぞましいことが起こるとき、どうしたらいいのかこんなにわからないんだな、と、歪んで伸び縮みする時間の中で思った。なんとかそいつの肘を押し、かくんとしたところで突き飛ばし、部屋を飛び出した。

スタッフに聞くと、その客は常連で、普段からああいう感じだけれど出禁にはしていないらしい。ほかの女の子はいろいろさせちゃってるからねー。マリアちゃんもうまく受け流して自分のお客さんにするくらいの気持ちで行かなきゃだめだよ。手のひらで転がさなきゃ。と言われたので、店を辞める意思を伝えた。シャワーで念入りに顔と身体を洗い、店を出た。

新宿御苑まで小走りで向かう。春の空気はまだ冷たく、自販機でホットココアを買ったら、夜桜が御苑の塀に沿ってずらりと並ぶ景色が見える。この世界に性欲がなかったら、わたしたちはみんな、もう少し幸せだったのかな？　と考えて、深呼吸して、やめる。舌の奥を通過するときココアはいっとう甘い。歩道に沿ってしばらく歩くと、塀の向こうに大きな強化ガラス製の建物が見える。植物園だ。あれがまだ建設中だった大学生の頃、課外授業の途中で通りかかったとき、江藤くんと、オープンしたら行こうねって話した場所だった。

そういえば久保田は少しだけ、江藤くんに似ていた。ＡＶ女優のマネージャーには、女優本人に伝えにくい内容の連絡事項をまかされることも多い。契約期間を延長する代わりに一本当たりのギャラを下げたいとか、最近売れなくなってきたから過激なプレイを解禁したいとか、イベントのギャラが下がるとか、使用済み下着を売らせてくれないかとか、そういうことを伝えないといけない。まともな気づかいを持っている人間にはあまりに負担の大きい仕事だ。

久保田はそういうときにはいつも、少しだけ黙った後、

「いいニュースと悪いニュース一個ずつあるんだけど、どっちから聞く？」

と笑いながら切り出した。

わたしはたいてい悪いニュースを選んだ。

「ギャラを一〇下げたいらしくて、それが嫌なら専属やめて別のメーカーの面接回るって手もあるけど、どうする？　……？　って聞こうとしてたんだけど、今言ってみてやっぱだめだわ。まこっちゃんがんばってるしファンも多いのに、これ以上下げるとか許可できないわ。なんか、イベントギャラとかと組み合わせたりなんか適当に言いくるめて、そのままにできるようにするね」

と軽快に言って笑った。わたしは、無理だったらぜんぜん言ってくださいね、そしたら別のなにかイベントや物販考えたりしてそのぶん稼いじゃいましょう。となんでもない顔をして提案をしてから、いいニュースを尋ねた。

「まこっちゃん、ゾウが好きって言ってたじゃん。生き物の賢さって、体全体に対

する脳みその比率に比例するらしいんだけど、その比率が地球上の生物のなかで大きい、つまりかなり賢い生き物のベストスリーが、イルカと人間とゾウなんだって。ゾウめっちゃ頭いいらしいよ」

＊

大学の頃、生活費がままならずアルバイトに明け暮れて食堂で突っ伏していると、どこからか江藤くんがやってきて、黙って同じテーブルに座った。そして、「元気？」と聞くのだ。わたしが、「君はわたしが元気じゃないときにだけ、元気？って聞くんだね」と無粋に答えると、それを無視して自分に最近起こったおもしろい出来事の話をしはじめる。わたしは仏頂面で聞いているけれど、話のネタが二、三個続くと、どこかでは噴き出して笑ってしまった。あっはっは、と食堂に声が反響するのを自分の耳で聞きながら、ようやく、自分がしばらく笑っていなかったことに気づくのだ。

＊

事前申し込みの必要なイベントのときには、久保田はあらかじめ応募者リストを送ってくれた。そして、少しでも不快なやつとか、こいつは会いたくないなーっていう人がいたら教えて。と言った。わたしは、この人は会うたびに下着の紐が透けているとか、ストッキングが伝染してるとか細かいこと言ってきて恥ずかしい思いをすることになるから嫌だなあ、だけど、善意や心配する気持ちで言っているのかもしれないし、大きな問題行動はしていないから言いづらいな、とか考えながら、大抵の不安を飲み込み、一〇回に一度くらいの確率で、おそるおそる告げた。久保田からは、オッケーこいつ出禁ね、と身軽な返事が来た。

「ほかにも、俺が見てる限りでこいつ嫌なこと言ってんなとか、ほかのお客さんにマウントとったりルール破ったりしてるやつはなるべく弾いちゃってるから。もしなんか言われたら事務所が勝手にやってるって答えていいからね」

とも言った。久保田のフィルターで整備されたイベントは、これまでほかのイベントで感じたような息苦しさが消え、気の合う人や、愛情深い人、やさしい人や謙虚な人であふれていた。目の前の人がいつ自分を傷つけて辱める言葉を言ってくるかわからない、という恐怖に怯えることもなくなった。久保田はその軽薄そうでチャーミングな態度がファンにも愛され、しかし決してへりくだりはしなかった。

駅からマンションまでの道は明快で、ホームから環状七号線をまっすぐ見据えると見慣れた外壁がすでに見える。駅前商店街を越え、赤やオレンジに明滅する道路を見下ろしながら陸橋を越えるのが気持ちいい。道沿いにずっと歩いていく間、無数のテールランプが今度はわたしの背後から横顔、歩いていく先の道筋までをも貫きながら通り過ぎていく。ヴィンテージバイクの店のショーウィンドウがつやめく。道の先のラーメン屋にはほの明るく行列が集う。

今ここにある感覚は、見渡す限り新しいものだ。戸田真琴を始める前に浸っていた世界の在りかたと入れ替わり、もっと実地的な、手にとって触れる身体感覚のようなもので世界を見ているのだと思った。わたしは、ようやく人間になれたような気がした。二度目の一九歳からはじまった物語は、それまでのすべてを曖昧なまま置き去りにし、都合よく平和な日常を紡ぎ出そうとしていた。

そう、新しい季節のにおいに、わたしはどこか浮足立っていたのだと思う。もう二度と、あんなに寄る辺のない日々を生きることはないだろう、なかばそう決めつけて過ごしていた。目をそらしたままの物語は、自動的に消えてなくなったりはしないのに。

＊

《歌にしたいと思ったので、作ってみてます》とＤＭが来て、《聴けるのを楽しみにしています》と返事をしたのは覚えている。数ヶ月後、《あなたの曲をやるので聴いてください》と送られてきたリンクを踏むと、ライブの配信映像に飛ばされた。そのミュージシャンの歌は美しい。内臓をえぐり出して差し出して見せるようにうずくまって歌う。その内臓の色が、どんな朝焼けよりも赤々として、ぬらぬらと光る、光を反射する。グロテスクできれいだな、と思った。それと同時に、わたしがもしも音楽をやっていたとしても、こういうアプローチはできないだろう、とも思った。技術的にも特殊なものであるけれど、美学としても、内臓をえぐり出すよりも、瞳の奥になにがどう光るかで、どんなに生きているのかということはちゃんとわかるのだと信じたかった。肝心なものは皮膚の中にしまったままで、どんなときに、どんなふうにまつげをわずかに伏せるのか、指先がぴくりと動くのか、頬がひきつるのか、髪が揺れるのか、そういう細部からほんとうのその人が生きた証しと、なにを表層に置こうと選択するかの美学が見える。どんな部分を外に魅せて、どんな部分をしまっておくか、その選択が美学だ。彼女とわたしの美学のあり方はそもそも異なって、だからこそ、尊敬せざるをえないと思った。

間接照明のみの薄暗いスタジオで、彼女は弾き語る。スマートフォンのちいさな画面の中で、しゃべるように、手紙を読むようにその歌を歌い出した。聞きはじめてすぐに気づいた。それは、ほんとうに手紙だった。ほとんどすべて、わたしが彼女への手紙に書いた言葉だった。二度目の一九歳を生きるうえで、葬り去ろうとしたことの、そう、特に世の中には絶対に出さないようにしようと思っていた記憶の、その細かなディテールが、そっくりそのまま情報としてメロディに乗って今この瞬間、全世界へ配信されているのだった。

なにが起こったのかわからなかった。しばらく聴いていると、書いた覚えのある言葉で構成された歌詞を歌い終わり、最後にそれを賛美する言葉が加えられ、曲が終わった。わたしは、自分がなにをどう感じているのかを解析する機能が停止してしまったかのように、立ち尽くしていた。そして、事実と向き合うよりも早く、きっとわたしのためになにかをしてやろうと思ったであろうその人の、愛情のつもりでなにかをつくってくれたことのその気持ち自体に早くお礼を言わなければいけないと思い、メッセージを打った。お礼を、何度も言った。

それは、わたしが彼女のライブへはじめて招かれた夜、そのステージングに心から感動し、綴った手紙だった。

自分自身の生い立ちを恥じ、誰かのつくったプロフィールにのっぺりと乗ってやり過ごそうとしている今の自分には、自分のカルマをすべて自ら背負いに行きながら、重たすぎる荷物をすべて引きずってステージに立っているような彼女の姿は、激動的に眩しかったのだ。そして、なかったことにしようとしているこれまでの人生の話を、少しだけ話してみたいと思った。とても公には言えないけれど、恥ずかしくて最悪な自分の本性を、この人なら、ばかにしないでいてくれるのではないか、と思ったのだった。

その手紙がメロディに乗って歌になり、風に乗って、遠くまで届いていく様を、困惑したままただ見ていることになった。たくさんの女の子が、この歌詞に救われた、とコメントをしている。本来とてもうれしいことのはずだ。わたしの恥が、誰かを救ったのだとしたら、それこそがわたしのやりたかったことなのではないか。そう思おうとするほどに、胸はなぜか魚の骨がつっかえたようにずきずきとした。だけれどきっと、おかしいのはわたしのほうだろう。

「自分を歌にしてもらえるなんて羨ましい。わたしも歌にされたい」というコメントをいくつも見た。そう、きっとこれは、誰かが羨むようなことで、きっとこれは、愛情から発生した素敵なことで、きっとこれは、わたしの精神性自体を目一杯賛美しようとする行いなのだ。ありがとう、と、思わなければいけないから、ありがとう。すでに音楽になったものに対して、少しでもネガティブなことを告げたら、曲が世に出なくなってしまうかもしれない。すでに聴いて、救われたと言っている人たちから、曲を聴く機会を奪ってしまうかもしれない。そう考えると、「個人的な秘密を、ばらまかれたくはなかった」というだけの気持ちが、まるでひどいわがままのように思えてきた。生まれてしまった芸術をあとから阻害するくらいなら、そのままでいい。自分の腹を外部から切り出されて街中に見せて回られるような痛みと違和感のことは、見て見ぬ振りをしようと思った。腹を割《さ》いて、はらわたを取り出され、「あなたの内臓はとてもきれい」と世にも美しい音色で告げられたような状況で、わたしにできることはひとつだった。脂汗をかきながら、なるべく不自然のない声になるように努力して、「きれいって言ってくれてありがとう」と、返すこと。

嘘の一九歳から再びはじまった戸田真琴という少女の物語に、意図せぬかたちで、過去の手垢がついていく。捨てたつもりのものが絡みついて、ふたをして忘れていたはずの、生ゴミのようなにおいが漂ってくる。

ＡＶ女優になった理由など、きっと一〇〇個はあった。この世界に対して、詫びを入れたいような、生きていてはいけないのにもかかわらず生き延びてしまったことの贖罪のような、どす黒い罪の意識がわたしをそうさせていた。

そうして何度も、各地で歌われる「戸田真琴の歌」らしいその歌に、問いただされるのだ。ほんとうにおまえは美しいのか？　その胸が痛むということは、どこかで、すべて忘れて真新しく都合のいい人生を、恥ずかしくない人生を歩みたいという、姑息な願望があったのではないのか？　と。純粋で、献身的な少女のふりをするのは気持ちが良かった。わざと、そういう人が少ない場所へやってきて、そしてめずらしい存在として振る舞うのだ。

歌を聴いた女の子やおじさんが、頭の中に、戸田真琴をイメージする。戸田真琴は普段、お客さんの前では、いつもへらへら笑っている。死にたがっている女で自慰をしたい男性など、いるとしても少数だろう。なによりわたしは新しい自分をやっているのだ。誰かに望まれるとおりのめんどくさくない素直な女の子になってみたかった。

だけれど歌が流れるたびに、具体的な年月と、実存としての内臓、うめき声がぐにゃりと交差する。みんなの中で今、戸田真琴はどうなっているのだろう。うまく想像ができないから、曲からどんなイメージが見えるのか、あらためて考えてみる。

足首から下を粘度の高い沼の中に置いたような身動きの取れなさの中で、重たい身体を横たえ、天井の暗闇にその歌詞の連れてくるイメージを描く。あれ、ほんとうにこれは美しい歌なのだろうか。ほんとうにわたしを賛美している？　この歌が見せる景色はほんとうに遠い場所だろうか？　わたしの中に、もっと遠く、もっと懐かしい故郷があったのではなかったか。それは宇宙のどこかにある、わたしひとりしか乗れなかった宇宙船、そこで産声を上げたのではなかっただろうか。そこまで考えた後、歌を、聴いてみた。目の前に、「かわいそうな女の子」が、現れた。わたしは苛立ち、枕を引っ摑んで投げた。そのかわいそうな女の子を何度も、何度も枕で叩いて消そうとした。耐えられない。だけれど、言えない。だってわたしは。

口コミや伝聞にて、あの歌はおそらく戸田真琴の歌なのではないか、という事実は徐々に広がっていった。無邪気に話題にするファンの人や、その歌から辿って戸田真琴を好きになったと言う人も何人もいた。わたしは繰り返し、それらひとつひとつに、ありがとう、と言った。わたしのことを歌ってくれてありがとう、葬り去ろうとしていたものを歌に留めてくれてありがとう、それを聴いて感動してくれてありがとう、わたしを見つけてくれてありがとう、気にかけてくれてありがとう、知ってくれてありがとう、嫌わないでいてくれてありがとう、哀れんでくれてありがとう、ありがとう、ありがとう。消えてしまいたいと思った。生きることが、ただ、恥をかくことなのならば、わたしはもう、これ以上恥を重ねる前に消えてしまいたい。派手に死にたくはない、傷ついたことすら誰にも知られたくない。なんの音も立てずに、子守唄を歌う前のやわらかな息継ぎのように、誰にもばれずに、消えてなくなりたい。海の底に漂う砂粒のうちのひとつになりたい。傷を見せびらかして、かわいそうできれいだね、なんて、感動してもらうようなことは、ちっとも望んではいなかった。これ以上ひどくなる前に、終わりにしたい。

夜の環七のむせかえるような排気ガスが、夜の遠さにスモークをかける。星がない。この期に及んで、好きだった人を思い出す。先生、あなたはきっと死んだら星になるんだろう。わたしの油断と不注意で、あなたまで歌にされちゃってごめんね。わたしの恥の一部として、勝手に巻き込んでごめんね。死ぬまでにはきっともう少しくらいはマシになって、いつか星になったときにほんの少しでも近くの座標で光ってみたいなとか思っていたこともあったけれど、こんなわたしでは、きっともう迷惑だね。
　わたしは、枯れた涙のことを考える。もしもここで涙が出るようにわたしの身体がつくられていたなら、一緒にこの歪みも未熟さも不甲斐なさも少しずつ流して、いくらかきれいになれただろうか。この人生はもう無理だから、無理だから、わたしは死んだら暗闇になりたい。環七には誰もいない。車は中に人が乗っていようとわたしから見たら鉄の塊で、視界を過ぎる近未来の模様だ。わざと、声に出してみる。

「死んだら、暗闇になりたい。あなたはきっと、しばらく小鳥になって、空じゅうを飛び回り、歌いながらゆくのでしょう。きっといくらでも好きな小枝に留まって、好きな方角へ飛んでいくといいな。それからぼうっと白く光って、たったひとつの星になる。わたし、こんなふうだから、君をうんと光らせる暗闇になって、どうしようもなく当たり前に、ずっと真っ暗で押し黙っていよう。余計なことを言わないように。真空になろう」

神様はいないとこんなに知っているはずなのに、祈った。かすったこともないキリスト教のものまねをして、アーメン、と言う。母親に見られたらぶん殴られるな、と思って、少し笑う。

*

せめて、自分でもういちど、自分を語るしかない。日々のエゴサーチで穴だらけになった心で、わたしは考えていた。自分のことは、自分で語らないといけないのだと、強く実感していた。

手はじめに、なぜ自分がAV女優になったのか、という記事を当時やっていたWEB連載の中で書いた。

映画館の真っ赤な椅子の前に佇《たたず》んで撮影された写真を挟みながら、わたしはあえて楽曲とリンクするように事象を選んで、それを自分の言葉で語り直すように書いていった。すでに起こったことは、あとから起こらなかったことにすることはできないのだと、当たり前のことをあらためて肺の奥まで吸い込んだ。この歌のわたしを、良いと思う人がひとりでもいるのなら、もう、その人になろうとさえ思った。どうせ失って惜しい自我などきっとない、きっとない、わたしはわたしのことなど惜しくはない、そう言い聞かせながら、原稿を提出した。

その記事がメディアに掲載された夜、わたしは部屋にいた。オレンジ味のかかった間接照明のみでつくられた部屋は、散らかっていながらも静かだった。自分のことがほんとうにどうでもいい、と言い聞かせるように、冷たいクリーム色をしたフローリングに寝転がる。天井、本棚。開けることの減ったクローゼット、その隅にあるちいさな箱。特別好きな持ちものをしまっている箱。ずるずると身体を引きずるようにしてそこへ行き、開けてみる。白地に、星屑の箔押しがされた封筒をみっちりと膨らませる、十数枚の便箋。書かれた文字は弱々しく、だけれどやさしい。わたしのやさしいところを拾って集めたみたいな人からの手紙。いつもわたしの発信したものを丁寧に読み解く人だから、今夜の記事もきっと、アップロードされてすぐに隅から隅まで読むだろう。どの言葉がほんとうはどんな事象を言い表したかったのかを、その無限に広がる想像力で検討し、わたしの描きたかったものときっとごく近いなにかを掴み取るだろう。知性と謙虚さと勇敢さで、文字で綴られる数式の、隠された解を見つけ出すだろう。曲に寄せに行くようにして、赤黒い内臓を捻り出して晒《さら》すかのような文章になったあの記事だって、大切に読むだろう、傷ついていても読むだろう。ほんとうに、ほんとうに、あれを読んでもわたしのことを、もっと知りたいだなんて思ってくれるんだろうか。胸の奥が心底暗くなっていくのを感じていた。こんなことを続けていたら、きっとまた誰もいなくなる。でも、それでいい。それでいい。見つめるのが嫌になったって、そのくらいで、わたしにはきっとちょうどいい。

「ほんとうに、そうかしら?」

声にはっとして振り返る。音、りんとして、なんだっけ、これは懐かしい。ずっと昔に聞いたような。

わたしはなんだか呆然として、それから時計を見た。二二時を回っている。記事がアップロードされたのは二〇時のことだったから、きっともうかなりの人に読まれている。

立ち上がって、やたらと広く感じる床の上を歩き回った。あれ、どうしよう。わたし、とんでもないことをしたのかもしれない。嫌われちゃう、好きでいてほしい人に嫌われるようなことを、またわざわざやっている。胸がざわざわして、生きている感覚がした。ほんとうに、そうかしら。言葉に出して、考えてみる。今ここにいるわたしは、ほんとうは、いったいなにを望んでいる？　無意識に、両手に手紙を握りしめている。相変わらず、末尾にも封筒にも、ニックネームしか書いていない。きっと本名と一文字も被っていないニックネーム。

わたしは久保田との連絡のやり取りを遡《さかのぼ》って、いつかの少人数で敢行されたファンイベントの名簿を探した。ニックネーム、名前、電話番号。幸運に目の奥が弾ける。番号を復唱し、それから携帯に打ち込んで、それを見つめた。通話ボタンを押そうとすると、実際に会ったときの、遠慮がちな笑顔が浮かんだ。あの性格だと、とつぜんかけたら詐欺かなんかだと思って、びっくりして切ってしまうかもしれない。そのまま警戒されて着信拒否なんてこともありえる。一度ショートメールのモードにして、一文だけ打って、送ってみる。

《秘密は守れますか?》

しばらく入力中の画面が続いて、《守れます。》と、返事が来た。

*

柵を越えると、どこまでも砂漠が続いていた。なめらかに波打つ砂は細かく、やさしいグミのような曲線で、真空のような黒い背景との境界線を引いている。地平はそのまま海の黒い水へと繋がり、そのうえにはまったく同じように真っ黒い空が続いていた。頭上にはぽっかりと月が出て、まぬけに照明係をしている。わたしたち以外の人影は、ひとつもない。

わたしは、イベント会場以外の場所ではじめて見るその人と、並んで歩いた。最近は魔法陣グルグルという漫画を読み直しているという話とか、その主題歌の歌詞がすごくいいという話とか、そういう他愛ない話をしゃべり続けていた。

電話番号を盗んだ夜、受話器を取ったその人は、「なにかのキャンペーンとかですか?」と言った。それから、ごめんなさい、そうじゃないってほんとうはわかってます。と笑った。そして少し無言になって、やっぱり、さっきちょうど母親から最近海外からの電話とかショートメールでの詐欺事件が増えてるから気をつけなさいって言われたばっかりだったから、詐欺だと思ってすごく怖かったです。とまじめに言った。わたしは、そうだよ、詐欺だよ、と言って、しばらく笑った。

新幹線で一時間半、そう遠いわけではないのに来たことのなかった街で、待ち合わせをした。駅前は帰宅ラッシュのせいか人が多く、装いか、佇《たたず》まいか、なにかがきっとめずらしいのか、通り過ぎる人たちからよく見られ、顔まで確かめられる。居心地の悪さを感じながら、帽子を深くかぶり直すと、その人はやってきた。心底驚きながら、同時にすでに事態を受け入れているような、不思議な眼差《まなざ》しだった。

よそよそしくしゃべりながら、なんとなく周囲を Google 検索して、抜け落ちたようになにもないだだっ広い場所が近くに見えたのでタクシーに乗ってそこへ向かうことにした。このあたりでいちばん大きい砂丘らしかった。

木々の影たちが、関節を鋭く折り曲げたまま黙っている。靴にどんどん砂が入り、おのずと二人、ゆっくりになる。風が吹いている。わたしはいつからか、こうして人と歩くとき、自分のにおいを過剰に気にすることをしなくなった。AV女優として仕事を繰り返し、身体をボディソープでよく洗い、同じくよく洗われ病気を持っていないかよく調べられて証明書を出し、清潔だと判定された人とのみ接触し、録画が止まるとまたシャワーを浴び念入りに洗う、それを繰り返していくほどに、自分の身体に対する認識が、無味無臭に近づいていった。ちいさい頃から、歪《いびつ》だと思い込まされていた自分の身体は、さまざまなユーザーから文句をつけられはするものの、それと同じかそれ以上に、受け入れる声もあった。なにも特段醜いものというわけではないということもわかってきていたし、よく洗って服を毎日着替えているのだから特別臭うわけでもないのだということも、ようやく冷静にわかってきたのだった。夜風が涼しい。そっと振り向いて人の目を見つめても、怖くはなかった。

海が黒い。海の底に沈む砂粒になりたいと思っていたけれど、実物の海は想像のそれよりもずっと大きい。大きいというか、陸のようなのだ。どこまでも続く黒い大陸のようで、そこをずっと歩いていってみたくなる。

強い風が吹いて、わたしは陸との境目まで向かって早歩きをし、砂を撒き散らしながら海へ向かう。絶えず動いていながら、コーヒーゼリーを掬《すく》ったあとのかたちのように、ぷるんとかたまっているようにも見える。なんて怖くないんだろう。うれしくなりながら海へ走っていこうとすると、左腕を掴まれて、

「そっちに行かないで」

と、言われた。波音に消えないはっきりとした声、話の主人公みたいな響き。

「俺はずっと海の近くに住んでるから、海が怖いよ。死のイメージしかない。砂の方へ行こう。月がきれいだよ」

腕を強く掴んだまま、光のほうへ歩いていく。握手はＤＶＤを最低一枚買わなきゃいけないけれど、海に落ちないように引き留めるのはいくらだろう。黒髪のふちが月明かりにかたどられ、光って揺れる。これはこういうシーンで、今流れてい

るのは映画で、この男の子は、この映画の主人公なのかもしれない。

わたし、それならいいかもしれない、と思った。わたしの物語がどんなにもう滅茶苦茶で、立て直しようがないのだとしても、誰かの物語の差し色としてなら、たぶん、わたしだってただの光だ。ばれないようにくすくす笑って、月明かりになめらかに光る、砂を蹴った。

第三章

君はすべてが正しい

「戸田さんって、女って感じも男って感じも両方しないんですね」

と小谷さんが言った。アップルパイの熱で溶けたバニラアイスをフォークでなめらかに掬《すく》いながら、それが良いことでも悪いことでもないという声と表情で、薄いピンク色の唇を浅く動かしている。

「嫌な言葉に聞こえたら申し訳ないんですけど、すごくそれがいいなっていう意味で。ほら、この業界、すごく女の子っぽい人とか、男っぽい人はそれぞれいるし、それぞれのぽさの割合がどのくらいかな、っていつも思いながら話しているんですけど、バランスがどうとかじゃなくて、戸田さんはどっちでもべつにないっていう感じがして」

そう話している彼女も、男っぽい感じも女っぽい感じもあまりしない、さっぱりしたバニラアイスクリームのような人に見えた。このアダルト女優として一線で活躍し続けている人の中ではかなりめずらしい雰囲気をまとっている彼女と、仕事で共演したのはわずか二、三度のことだった。

ＡＶの撮影で共演すると、裸を見せ合う以上にこの仕事における現場でのシンプルな身体的過酷さや、売り物であるがゆえ丁重に扱い合わなければならない肉体に対する気遣いから、言葉でのやり取り以上に心の中に互いに対する慈《いつく》しみのような念を抱くことは少なくない。わたしたちのような単体女優の場合、たいてい、ひとつの現場には自分ひとりしか女優がおらず、現場スタッフたちからどんなにやさしく扱ってもらっても、どんなに良くしてもらっても、どんなくだらない冗談で笑い合って同じ種類の宅配弁当を食べても、ここで、今日、服を着た人たちのなかで裸になるのはわたしと共演男優たちだけで、そのなかでもメインの被写体としてカメラからずっと、あらゆる角度からフォーカスを合わされ続けているのはただひとり自分だけなのだ、という状況の中を丸一日生きるのだから、どうしたって孤独だった。ここで今大地震が来たら、いちばん怪我をするのも、逃げ出せないのも、わたしなのだ。なので、その立場に置かれる人間がひとりではない現場――女優が複数人いる共演現場での、あの得も言われぬ安堵感がわたしはけっこう好きだった。

　普通に生きていると、自分以外のすべての女の子たちが、自分よりかはずっとましな人生を生きているように思えることがある。それはＡＶ女優という同業の女の子たちに対してであっても例に漏れずで、なんだかみんな、きれいで、性格もよく、周りの人にも好かれていて、お金もあって、それを使って自分を磨いたり高レベルな女の子に見えるように意図したブランド品を揃えたりすることに糸目がなく、とても光って見えるときがあった。ツイッターに貼られた自撮り写真にきらめくルイ・ヴィトンのネックレス。芸能人御用達ラウンジの薄暗い明かりとカクテルの写真が貼られるインスタグラムの親しい友達ストーリーズ。ペットボトルさえ入らないイヴ・サンローランのミニバッグ。ラジオで共演したお笑い芸人から繋がってメンズアイドルと同棲している女の子の噂。一年前にはチャームポイントなんです、と笑っていた大きなほくろを摘出する過程を載せたYoutube動画、ＰＲのハッシュタグ。〇〇ちゃんみたいになりたくて同じクリニックで整形しました！　という無邪気なコメント。

あの職業にだけはなったらだめだよ、という世間の視線を浴びながら、同時に女の子たちの憧れのヒロインへと変貌していく彼女たち。あの、目に入ったら結膜炎になりそうな大粒ラメのアイシャドウが、どうしても真似できなくて、わたしばっかりが生きることの才能がないみたいに思う。裸でカメラの前にいて、監督に半分嫌味のような冗談を言われたとき、自分ほど恥ずかしい生き物はこの世に居ないんじゃないか、と思ったたくさんの日のことを、何度でも思い出す。彼女たちは、わたしよりはいつだってずっとましなのではないか。そういう考えが、実際にほかの女優たちとともに過ごす共演作の撮影ではまっさらに消えてなくなるのだ。

皆、なまなましく、傷ついている。一日という限られた時間の中にぎゅうぎゅうに詰め込まれた香盤表を見れば、こんな量撮りきれないよ、とあっけらかんとうなだれる。ちょっと制作に抗議しようかな、とエナジードリンクをストローで吸いながらバスローブ姿で歩いていく人。もっと女の子たちくっついてー！　百合要素もほしいんだから、という監督の指示に、カメラに入らない角度でちいさく「ごめんね」のジェスチャーをしながらやさしく体重をかける人。時計の針がてっぺんを過ぎて、ようやく撮影が終わったあとに、「さっき、わたしの汗とかきっとついたよね、ごめんね、わたし汗っかきで。まこちゃん嫌じゃないかな、ってずっと気になって。シャワー先浴びてきていいよ」と、申し訳なさそうに言う人。こちらこそ、わたしみたいな人間の汗とか皮脂とか、そういうものが触れてしまって、きれいなあなたを汚してしまったように思っていたのに、まるで同じことを思われていたなんて考えもしなかった。そんな調子だから、なんだか、拍子抜けするのだ。そして、自分も含めて、みんなきれいだと思った。どこもかしこも現場特有の弱酸性のボディソープの香りか、気遣いとしてそれぞれの女の子が持ってきたニベアクリームややわらかい花の香りのボディオイルとか、そういうやさしい香りしかしない場所。わきの下もつるつるで、歯もまっしろで、舌もなまめかしく清潔に赤く、おしりもかかとまでもすみずみまで磨かれている、セックスが手に入らないおじさんたちの理想像を破茶滅茶に狂わせてしまっていることに無自覚な、とことん磨き上げられた女の人たち、裸の、ファム・ファタル。性を仕事にしている人に対する、世間から刺される「きたない職業」という視線は、ほんとうにまぬけで現実味のないものなのだとよくわかる。こんなに清潔で健気な感じしかしない女の人たちを、いったいほかのどの場所で見られるだろうか。そのボディソープの香りの神々の仲間に、今日は自分もいるのだということが、いつもうれしかった。

＊

そういう妙な仲間意識があるせいか、わたしたちの中には、同業者というだけでやさしい気持ちで接したくなるようなところがある人は多いのではないかと思う。小谷さんもまた、この業界を何年も一線で生き抜いている人だった。わたしが住んでいるようなのほほんとした地域よりも、目黒や恵比寿なんかを好む女の子が多いなかで、彼女とは下北沢で待ち合わせていた。カラフルなクリームソーダが飲める喫茶店を、ずっと行ってみたいお店としてマークしていたらしかった。わたしたちが店に着いた頃には七組の待機客がいたので、そのまま少し歩いて、一軒家のような風貌のカフェに入る。ねこ耳のついたニット帽をかぶった年配の女性がメニューを持ってきて、わたしたちは店内に張り巡らされたねこのポスターをぼうっと眺めた。将来への不安や、嫌いなメーカーの悪口ですっかり打ち解けたわたしたちは、もう少しだけ悪口が言いたくなった。わたしは、あまりにセンシティブな内容であるせいで、ほとんど人に言っていなかった愚痴を話しはじめた。

「あの、さっきの嫌いな会社の。データ流出の話って知ってますか？」

すぐに、ああ、知ってます。あれね。元社員がやったって話ですよね。わたしそろそろあそこつぶれるんじゃないかって思ってます。最悪ですし。と返事が来て、うれしくなる。

「はい。もうつぶれたらいいのにって思います。あれがあってから、わたしほんとうに怒って、とにかく理屈を並べて話したんです。あなたたちがしたことがどれだけ、わたしたち被害者のこれからの人生に取り返しのつかない影を落とすことかわかっているんですか？　って。本来動画に撮られることのない特別繊細な部位を、撮影して、そのデータを取り扱う仕事なんですよ、ほんの少しの行き違いや怠惰や慢心で、人の人生をひどくぶち壊す可能性のある仕事なんですよ。って。それを、社員も、それを教育する側も、なにもわかっていないからこんなことが起きたんじゃないですかって」

小谷さんは同情と敬意の混じったような色をたたえた、つややかな瞳をこちらに向けて話を聴いている。

「それで、相手方の社長ぜんぜん返事がないな、と思っていらいらしていたんですけど、そのときわたしに詰められたストレスで耳が聞こえなくなっていたらしいです」

そう続けると、彼女ははちきれるように笑った。

「ぶははは、耳、聞こえなくなっちゃえばいいんですよ、そんなやつ。もう、つぶれるよう祈りましょう、あんなの。わたしも大嫌いです。遠慮なんかしなくていいですよ」

男の子に味方されるときとも、女の子に寄り添ってもらうときとも違う、なにか人としてみんなが普通に持っているタガのようなものがすっかり外れた生き物同士の爆笑が、カフェの一角を満たした。

わたしはこの件について、胆力が枯れ果てるまで怒ろうと思っていた。何度こちらの理屈を伝えようと相手は平謝りと申し訳程度の、なんの慰めにもならない金額しか提示してこず、そのたびに脳が沸騰するような怒りが湧き上がるのだから、忘れられるはずがなかった。しかし、何十人もの被害者のなかには、「いつもお世話になっているし、これからもお世話になるから」という理由で許してしまう人もいたそうだ。わたしはそれが成立してしまうこと自体が、許せなかった。この人たちは、女の人たちの裸やセックスの様子を販売して商売をしているにもかかわらず、そのことを当たり前のように思っているんだ。普通に生きていたら全世界に販売するはずのないものを、それも美しく磨き上げて魅せてくれる人たちに対して、「撮ってあげている」というテンションで未だに接しているんだ。賠償する代わりに、該当メーカーでの契約を更新するという取引や、被害女優が在籍している事務所のほかのモデルにも仕事を渡す、といったやりとりがされていることにも腹が立った。どうして、晒《さら》しているのも、不本意に許可していない動画を盗まれて晒されたのも、わたしを含む〝彼女たち〟なのに、その人たちを置いて周りの大人たちによって、謝罪や賠償のやりとりがされていっているのだろう。

思えば、わたしたちの肉体や振る舞いの価値を決めるのは、いつだって売り買いする男の人たちだった。販売する大人がわたしたちの身体や態度にみなし価格をつけ、それを買い手が買い叩く。買い叩かれるほどに、わたしたちの販売価格も切り詰められていく。事件についてのやりとりを担当していた事務所の幹部は、怒りを収める気配のないわたしに対してこう言った。

「〝これ〟をだしにして、もっとギャラを引き上げたりとか契約本数増やしたりとか交渉できると思うけど、どうしたい？」

わたしはいらいらとしながら、返事をした。もう、決めていた。

「これ以上一本たりともこの人たちに撮られたくありません。別のメーカーを当たってみてもらえますか。どうせ女優としての寿命は長くないと思うので、移籍して、丸々一年で一二本、それを撮ったらわたしはもうこの仕事をやめます」

ＡＶ女優をはじめて、六年目のことだった。

＊

すでに撮影済みだったビデオのパッケージだけをすげ替えて、わたしの〝メーカー卒業作品〟はすんなりと発売された。急ごしらえで用意された白いワンピース、持たされた花束。

「ここを離れることになって、どんな気持ちですか？」と、内情を知らないインタビュアーが無邪気に質問する。

「これからも別の場所でがんばりたいと思います」

これ以上の言葉が出てこない。手癖でありがとうとか言いそうになるけれど、そうしたら印象もよくて収まりもつくこともわかるけれど、それでも言いたくなかった。

嫌なことばかりが思い出される。つくり笑顔だと伝わるようにしっかりと笑顔を作ったら、それで、さよならをする。華やかに笑顔で飾られたパッケージにおどらされたユーザーたちが、ああもうこの女優とお別れなのか、と騙されて購入するさまにことさらいらいらする。この業界は、こういうミスリードのような手法をそれはよく使う。デビューと書かれた作品が売れるという理由から、すでにデビューしている女優の二本目のパッケージに「デビュー（２ｎｄ）」とちいさく数字を書き足したり、まだ引退しない女優の作品にこうして卒業、さよなら、ありがとう、などという文字をちりばめる。そして、大抵のユーザーは細かい文字まで読まないため、そのデザインとも言えないトリックに騙される。そして、中身を見て憤慨し、その怒りを制作側ではなく女優へぶつける。お金を支払った人に対して支払われた側は冷たくできないから。どうせ文句を言ってなだめてもらうなら、つくっているおじさんよりもきれいな女優にやってほしいから。そういう理由を脳内にしまい込み、自覚のないふりをして、謝罪をねだる。他人と、他人が、欲望を満たせと暴れる。お金を儲けたいおじさんと、性欲ならびに征服欲を満たしたいおじさんが、双方向からつばを飛ばしながら、なんとかしやがれと、がたがたの歯と臭い息をあらわにして怒鳴り続ける。その間にい続ける仕事が、ＡＶ女優という職業でもあった。ほんとうに全部を叶えることはできないよ、と、何度言いたくなったかわからない。売りたいあなたの頭の中にいる、手がかからず文句も言わず素直で頑丈できれいでかわいく若くつやつやとしてムダ毛もなくずっと老けない、胸が大きくほどよく肉感があるがウエストは細く顔もちいさい、絶対にどんな作品を出しても売れ続ける理想の女優にはなれないし、買いたいあなたの頭の中にいる、きれいでスタイルもよく品があるのにときに下品になってくれる、ほんとうに苦しそうにレイプされてくれるしなにもしない僕を超絶テクニックで気持ちよくもしてくれる理想の女の子はいないし、いてはいけない。なんの努力もせずいい人間であろうとも思っていない、あわよくば誰かを見下したい、そんなあなたのためにすべてを捧げる女の子などいてはならないんだと、心からわかってしまうから、わたしはもうこの職業に求められる無理な願いごとを、どうせ叶えきることのできない願いごとを叶えるために今の自分自身を殺し続けるのはやめなければいけないと思った。

＊

自分を殺す、というのは、言いたいことを我慢するとか、やりたいことを秘密にするとか、そんな生ぬるいことを指すのではない。どうしてもできないこと、ほんとうは、自分の価値観ではやってはいけないことだとわかっていることを、平気な顔でやること。

どうしても助けたくない人を、それでも自分の身体から鮮血を流しながらでも助けようとして、伸ばしっぱなしの、それが誰かの粘膜を傷つけて雑菌を流し込むことになる可能性なんてまるで考えていない垢の溜まったあの爪でばりっと引っかかれ、ああ、やらなきゃよかった。この怪我を治すのにまた何日もかかる、この何日かを使って、ほんとうに抱きしめたい人を抱きしめるべきだったんだ。とうなだれること。ずっと、自分は生きていてはいけないんだと、いつもすべてを間違えているんだと、心底思い続けながら、それがばれないようにへらへらと笑うこと。それが、一日ごとに自分で自分を刺し殺しながら進んでいくような日々、そのディテールだった。

＊

ＡＶ引退を告げるブログを投稿予約して、わたしはノートパソコンを閉じた。ほとんど同じくらいのタイミングで、映画館から連絡が来る。わたしは二年前、映画を監督した。ＡＶ女優をしているのと同じ名前で、大学でひとりで撮っていた映像と同じやり方で、六〇分の映画を撮った。その映画が、はじめて一、二週間とまとまった期間、映画館で上映できることになったのだった。

映画をつくりませんか？　と、何度目かの誘いがあったとき、わたしは今の景色ではなく、昔のことばかりを思い出した。夜風の透明さは、今でもずっと、はじめての恋の香りを忘れさせてくれはしなかった。そして、それでも気がついてしまう。いつかきっと、こんなに繰り返し思い出すことからも、心が離れていってしまう。あったことすら夢のようになって、光の粒になって攪拌され、消えてしまったのとほとんど同じくらいに、空気中に溶けきってしまう。わたしの卑怯な脳のすることだから、きっと自分に都合の良いよう、うまく美化したりするだろう。もうすぐタイムリミットがやってくる。何度も洗って、洗って、よく拭いて、洗って、きっといつかはなくなってしまう、わたしの恥ずかしかったにおい。

ほんとうに真っ暗闇になりそうなとき、iPhoneのカメラを起動して、画面の中に光を探した。アスファルトから、木々、電信柱、通り過ぎるバイク、指で作ったファインダーのサイズに収まり続けるほとんど暗闇の景色を辿ると、長方形が、光で満ちる。すぐに露出が調整され、光源はただの街灯だったとわかる。それでもよかった、光がどこかにあるというだけでよかった。この目でただ見つけたってそれがこの世にほんとうにあるのかなんて誰にも証明できないけれど、映ってしまった光は、たしかにあるのだ。しばらくそれを見ていると、ギャラを減らされたことも、出たくない内容のビデオの企画ばかりが来ることも、容姿をばかにされることも、親からの連絡も、思い出さないようにしていることも、ただの光の点滅のように、遠くなった。

思い出さないようにしていた過去が、歌になって日本中をかけめぐってしまったのだから、わたしはようやくそれに、映画を添えよう。そう思った。わたしが見ていた景色は眩しかった。音楽になってしまったとき、それでも天井を見て、それを黙って星空にして、思ったのだった。わたしは、ものすごく間違えたのかもしれないけれど、だけど、かわいそうじゃない。わたしが見ている世界は美しかった。生きても生きても、美しかった。まともになんか生きられないほど眩しかった。それは、この生き方の果てにわたしがいつかどんなにひどい思いをしたとしても、どんなに惨い死に方をしたとしても、そういうこととは一切関係のない地平で、誰にも止められずに光り続ける、わたしの、固有の、幸福という名の金色の鐘だった。

わたしはそうして、映画を撮ることにしたのだった。

「ひかりの皮膚に触れたことがあるのか、と問う。湿った手のひらもかさついた指もあまりの神聖に躊躇した。あの表面とまったく同じ質感の君にだけ触れることの許された冷たい丘。エジプトと南極。僕は知らない言葉を探して、爪を噛む。伝えようがない」

＊

制作後の初回上映は、インディーズ映画のコンペティションの中の招待作品として二回だけプログラムされた枠だった。それはほとんど、戸田真琴と、映画の挿入歌のアーティストのファンで満席になった。

上映後、よくわかんなかったよと告げるおじさんが八割、映画ってもっとこうつくるんだよ、とアドバイスをするおじさんが少し、よかった、あるいはいろいろなことを考えた、あるいはあと何回か見て理解したい、と言ってくれる人も数人。たまに女の子がやってきて、わたしの顔を見るなり泣いた。上映会を企画して映画を流したときも、そのあと映画館でロードショーがはじまったときも、遠くの映画館に舞台挨拶に行ったときも、誰かが泣いた。そして、「映画をつくってくれてありがとうございます」と、同じ言葉を言ったのだった。

ユリと出会ったのは、そんな日々の中でのことだった。知り合いの知り合い、すなわちほとんど他人で初対面の人として、映画館の控室に現れた。ちいさな頭にキャスケットを深くかぶって、耳の下からピンク色の髪の毛がゆるく波打っておりている。帽子のつばで影になった目もとには、首を傾けるとようやく蛍光灯の光が差した。涙袋に大きな目、マスクを外すと、口もとに大きなほくろがある。こんばんは、と言って、一〇〇人中一〇〇人に人がよさそうだと言われそうな完璧な笑顔で笑った。その笑顔を見るだけで、「わたしもそういうふうに笑って生きてきたよ」と物知り顔で言いたくなった。そういう不思議な切実さが、彼女からは驚くべきことに、悲愴感なく、ひょうひょうとして溢れ出ていた。

それから彼女は、「映画、おもしろかったです。わたしはこの世にある作品の九九パーセントくらいのものが嫌いで、好きなものの幅がすっごく狭いんですけど、あなたの映画はその一パーセントでした」と言った。それから好きな監督の名前を

四、五人挙げて、その全部みたいだった、と、今度は完璧なご挨拶用の笑顔をしまって、言った。目もとに落ちた帽子の影が、ずっと遠くの宇宙まで続いているようだった。

舞台挨拶を終えて、劇場から出ていく観客たちを見送る。わけがわからなかったよ、お金出したのになあ、と言う人に苦笑いをして、共感したという人に疑心暗鬼に接して、とてもよかったと言ってくれる人に愛想笑いをし、泣いている人を黙って見つめ返し、心の奥に星屑の光るまま最後のひとりを見送る。しばらくスタッフの人たちと談笑しながら、目の端で、心の端で、あの子はもう帰ってしまっただろうか、と探す。会話を半ば無理やりに切り上げて控室へ戻ろうとすると、階段の途中にユリは寄りかかっていた。わたしは右手をぽんと彼女の肘のあたりに伸ばして、ねえねえ、嫌いな監督は誰？　と聞いてみる。彼女の目が三日月になって、いくつかの名前が聞こえる。わたしもずっと嫌いだったけど周りのみんなが好きだって言うから口にしたことがなかった、名前たち。やがて来るスタッフの人たちに聞こえないように、わたしたちは笑いながら急いで階段をのぼった。堪えきれない胸の高鳴りがきっとわたしの心をむきだしにしてしまっているだろう、汗をかいているけれど汚くないかな、こんなに大きな口を開けて笑ったら歯になにか挟まっていたら見られてしまうかも、さっきから油断して口が滑り続けているけど、次こそ彼女の癪《しゃく》に障るんじゃないか。さまざまな卑怯な自己防衛心が頭の奥をかけめぐるけれど、表面が火照《ほて》って、ほんとうはなにも案じることができない。ねえ、君がわたしの映画を好きって、ほんとう？　そのわかりきったときめきだけが身体をめぐる。階段をのぼると、街だ。

外は、雨が降っていた。光の線が無数に落ちる、この雨の果てを見ることはわたしたちにはできない。携帯電話には、アプリのニュース速報が映る。遠くで大規模な火災が起き、二五人が亡くなった。目の前を、数えきれない人が通り過ぎる。ゲームセンターからは混ざり合った黄色い音がＬＥＤと共に点滅する。歩きタバコの煙が、彼女の髪に絡みつこうとして、滑り落ちる。

「わたしたち、友達になりませんか」

自分から交換することなどほとんどないＬＩＮＥ　ＩＤを差し出して、わたしは言った。

それからその夜、きっと映画をつくってね、今すぐにでもつくってね。と、彼女からきたメッセージを、しばらく眺めながら眠った。

＊

赤い原付を買った。またがって、その姿を写真に撮って、ユリに送る。杉並区はいくつかの路線が平行して突っ切る街だから、縦移動に弱い。真っ赤な車体に乗って、薄茶色いハンドルをぐいとひねれば、すぐにスピードが出る。素早い自転車のように乗る。坂をのぼって、川を渡って、公園の横の道を抜けて、ずっと続きそうな大通りを通過して、しばらく走る。午後二時の光は桃をつぶしたように淡く色付いて、フルフェイスのヘルメット、前方の強化プラスチックに差し込む。細かな傷がちりちりと光り、頬を照らした、照らされているのかどうかは目で確認できないからわからないが、ほんの少しあたたかくなることで照らされていることを知る。眩しい。眩しかった。生き続けていることが、今ようやく眩しかった。

気がつくと、一九歳の頃住んでいた街にいた。吉祥寺通りをまっすぐ北上して、自転車屋とハンバーグレストランがある交差点をさらに進み、ななめに進むと駅がある。すずらんのように撓った鉄の棒の先には、ダイヤモンドカットの街灯が吊り下がる。空が薄明るいほうが、ついたばかりの光が青く、さっぱりして眩しい。スピードを限界まで下げ、息を吸い込む。かつて住んでいたアパートは取り壊されて新しいマンションになっていた。近くの公園では、ブランコにKEEP OUTのテープが巻かれている。黄色い光の差す部屋だった。ゴブラン織りの花柄のカーテンを、裂くように左腕に差した、光、朝のどうしようもない、相手がどんなふうであろうと同じ世界にいる人とかろうじて手を繋ごう、とでも言われているかのような光。ここに住んでいた頃、真夜中に雪が降った。その翌朝、外が真っ白で、わたしはイヤフォンとウォークマン、ぐるぐる巻きにする薄ピンクのマフラーと赤いコートで部屋を飛び出した。雪は水っぽく、しゃくしゃく音を立てる。足を乗せるだけでアスファルトが見え、たった今空いたばかりの黒い穴を見ていると、わずかな日差しが木々の隙間から差し込んで眩しい。ブランコに乗った。雪を足でざらりと蹴り飛ばしながら、祈った。涙と鼻水が落ち、ほんの少しだけ雪を解かす。わたしは、もう二度と、よこしまな気持ちで命を使いたくない。それを思い出すと同時に、現在のわたしにとって、よこしまだったあの日のわたしが、もうずいぶんと遠くへ逸れていってしまった心地がした。あんなふうには生きたくなかったのに、あんなふうに生きていたことが、過去になって、やがてそこから見ていた景色ではなく、そこに自分が生きていたという情報でしかなくなる。記録されていることなどほとんどない。ノートは燃やせば灰になる、ブログは消したら電子の海で分解されて粒になる。

ブランコに、一九歳のわたしが座っているのを想像する。寄る辺なく、なにより、誰にももう寄りかかってはいけないのだと、決めつけながら生きている、早く死にたいひとりの少女の、その項垂《うなだ》れた頭を撫でようと思う。手を伸ばしても、触れることはできない。わたしは悩んで、周りに誰も人がいないことを確認し、息をすっと軽く吸って、言う。

「ほんとうに、そうかしら」

ほんの少し風が吹く。木漏れ日は一秒ごとに形を変えて、ブランコに降り注ぐ。

*

　ユリは映画を観るとき、二時間でも三時間でも、ぴくりとも姿勢を変えなかった。わたしはというと、映画泥棒のやっているあたりで靴を脱ぎ、配給会社のロゴとかが出るくらいまでの間にもぞもぞと体勢を変えて心地よい角度を探り、長く見積もっても三〇分にいちどは姿勢を動かした。最終的にはいつも、体育座りのようになる。本編の間より、エンドロールのほうがなぜか緊張する。音がしずかで、情報も少なく、急に自分の素っ頓狂な鑑賞姿勢が恥ずかしく思えてくるからだった。

　エンドロールが流れ終わると、劇場が明るくなるとほぼ同時に、ユリはすっと立った。そして、さあ出ましょう、と言わんばかりにこちらをまっすぐ見つめている。わたしはおろおろとしながら、靴に足をねじこんで、散らばっている上着やカバンやジュースの空き容器を拾い集め、彼女を追うように劇場を出た。

　まだ余韻とざわめきが残る中、わたしはある言葉を言おうか言うまいか悩んでいた。彼女はどっちだっただろう。ほんとうは、一緒に見た人がどうであれ、わたしはわたしの感じたことだけを大事にすればいいはずだとわかってはいるものの、それでも未だ、臆病になる。パンフレット売り場をスルーして、眩しい外へ出る、そのちょうど映画館と街の切れ間にて、彼女はぐっと振り返り、こう言った。

「ぜんぜんよくなかったね！」

わたしはそのまま足を滑らせ、ひどく明るくなる視界に、ほとんどなにも見えなくなりながら、すぐに言う、すぐに答える。

「うん！　同じ予算とキャスト使えたらわたしのほうがいいの撮る！」

ふ、と緊張の糸が切れ、わたしたちは笑いながら街に出た。


デパートの屋上に座って、自販機のアイスを食べる。

「途中で出ようかと思ったよ」

彼女はチョコミントを大きな口でかじりながら、眉をしかめる。

「だけど、そういうとき、ほんとうには出ていけないところが、わたしたちだよね」

わたしは言いながら、少しだけ切なくなる。この切なさは、彼女の笑顔を最初に見たときの泣きそうな痛みと、たぶん深く関係している。

ユリは少しの間、遠くを見る。彼女にはまだちいさな弟がいる。母親が連れてきた年上の彼氏の向ける視線の違和感に、彼女ははっきりと気づいているけれど、その家から距離を取ることを選択しようとはしない。弟は母親のそばにいたがっているし、自分が誰かの人生を壊してしまうようなことは、してはいけないと言いきっている。

「やっぱりわたし今日、途中で出ればよかったよ」

なんとなく彼女の目を見られないまま、わたしはそっと言ってみる。

ふふ、と音だけで笑って、ユリはなにも答えない。

白い空から、透明の水が降りはじめる。

「ほらね、雨降っちゃうんだよ。いつも。特別楽しみにしてる日はそうなるの」

ユリはそう言って空をまだ眺めている。わたしはほんとうのことを言う。できるかわからないことを言う。

彼女はそれを黙って聞いて、それから、「当然だよ。今すぐシナリオ書いて」と言って笑った。

＊

引退作品までのカウントダウンがはじまって、三本目の撮影だった。街にはすっかり春が来て、換気のためわずかに開いた窓から、ふくよかな風のにおいがする。わたしは身に着けた衣装のタイトスカートが歩くたびに迫り上がるのを、両手で強く引っ張って直す。露出狂同然な丈に改造された衣装を着るのもあと数えるほどしかないのか、と思うと、それも不思議と愛しい。

手鏡を持って、さまざまな角度から自分の顔を見る。産毛はそってあるか、そばかすやニキビ跡はちゃんとコンシーラーで消えているか、まつげは上がっているか、アイラインはがたついていないか、ファンデーションがよれていないか、眉毛のよけいな剃り残しはないか、唇の皮は剝けていないか、歯や舌はきれいなままか……なるべくじっくり観察しては、自分は大丈夫、ちゃんときれいに整えられている、と自己暗示のように繰り返す。わたしは大丈夫。わたしはきれい。わたしのことをいいと思う人はきっといる。

高等学校を模した教室スタジオで、自分の受け持つ男子生徒に支配されている教師の戸田真琴が、学校や体育倉庫などあらゆる場所で生徒の言いなりになる、というストーリーを撮るらしかった。役柄や状況の説明シーンが多いぶん、身体に負担が少ないので、いわゆる〝楽な現場〟だ。しかし発売後には、他人のいいなりになるのが好きな女なのだという印象をまたユーザーに植え付けることになるだろう作品でもある。せめてできるだけ見た目を小ぎれいにして、誰かに従っているさますらマシに見えるように、そしてレビューでネガティブに書かれるような〝ツッコミどころ〟が少なくなるようにがんばろう。と思っていた。

引退まではなるべく全部の現場にスケジュール合わせるよ、と言ってくれた仲のいいヘアメイクの池永さんが、ぱたぱたと軽快に足音を立ててやってくる。アクセサリーつけ忘れてるよ、女教師っぽいのこれかなと思うんだけど、どう？　と言って差し出すのは、細いチェーンでつくられた輪を、小ぶりな丸いラインストーンが引っ張って揺れるネックレス。多くのＡＶ撮影現場には、スタイリストはいない。ヘアメイクかプロデューサーが、スタイリストから預けられた服とアクセサリーの塊の中から、シナリオに適したものを選んで並べる。わたしはお礼を言いながら、鎖骨あたりまで伸びた髪を、両手でかきあげて首もとを出す。池永さんは、白くて丸い指先で、器用にネックレスをつけてくれる。

彼女と出身高校が同じだったことが発覚して、はじめはそこから仲良くなった。恋人ロード覚えてる？　あそこ、歩かないまま卒業したな。西門の向こうにあったボロいヤマザキショップ、閉店しちゃったらしいよ。なんであんなに豆大福の品揃えがよかったんだろうね。髪の毛何色にしてた？　木村カエラに憧れたなあ。土日ってどうやって遊びに行ってた？　西武新宿線を高田馬場まで乗って、乗り換えて原宿。六二〇円かかったね。隣の駅までわざと歩いて、マックでクーポン一五〇円のポテト食べながら、ひとりで音楽を聴いていた、あの日のわたしが立ち上がる。けらけらと笑い、そしてたまにはっきりと自分の両親の悪口を言う彼女と話しているると、別の角度から照らした高校時代のわたしは、それなりに楽しく生きていたようにも思えた。ＡＶ女優は家族との仲が破綻している人も多いので、この業界の人は、悪環境の話を聞くのに慣れている。今さらどんな家庭環境の話をしようと、誰も驚かない。安いグラスで乾杯をするように、わたしたちはおしゃべりを続けながら、毎月撮影をしていた。

教室スタジオに机を積み上げ、ワイシャツのウエスト部分を背中のほうから、不自然なまでにぎゅっとクリップでつまんで、ボタンを四個外して胸の谷間を見せる。眉毛を下げて、瞳に水分をためて、カメラのレンズを見つめる。薄暗くした部屋の中で、立てられた三台の照明が白く発光している。ぱしゃ、ぱしゃ、と小気味いい音が静寂に響いて、カメラマンが、なんか音楽流してよ！　と、明るく言う。持参したポータブルスピーカーにBluetoothを繋げた池永さんが、ポルノグラフィティの『Century Lovers』を大音量で流しはじめる。シャッター音も聞こえなくなった薄暗い部屋で、わたしは引き続き困ったような顔をつくりながら、音楽に負けないよう声を張り上げて言う。

「なんでわたしがこの曲大好きだって知ってるの⁉」

池永さんはわたしの唇に付け足すリップグロスの準備をしながら、

「そんなの、わたしが大好きだからだよ！」

と言った。そして、「大人になったらこの曲に出てくるみたいな大人になれるって思ってたなあ」と続けて、さらにボリュームを上げた。撮影された写真はリアルタイムでプロデューサーのパソコンに飛ばされて、チェックされる。カメラマンがデータカードを差し替えている間に、わたしと池永さんは、それを覗き込む。瞳を潤ませた困り顔と困り顔の間に、目が線になるほど笑っている顔や、大きな口を開けて歌を歌う顔、耐えきれず噴き出す直前のへんな顔が交ざる。ノートパソコンの矢印ボタンが、リズム良く押されるごとに、さまざまな顔の戸田真琴が出現しては消えていく。

「わたしって、ほんとうにかわいいね」

くしゃくしゃになって笑う顔が通りすぎ、独り言のように声に出す。

池永さんとプロデューサーは声を揃えて、「そうだよマジでかわいいよ！」と、当たり前の顔で言う。

音楽が進む。イヤフォンが紐で繋がっていた頃の歌が、かわるがわる流れる。

「内容に合ってないかもしれないけど、もう少しだけリップを赤くしちゃおうか。どうせおじさんにはわかんないよ」

そう言われてわたしの唇は、もう少しだけ色を増す。

パッケージ写真撮影が終わりメイク直しをしていると、ノックとともにプロデューサーが入ってきた。次のシーンに出演予定だった男優が、体調不良で来られなくなり、代わりに別の男優に来てもらってもいいか、という打診だった。

わたしは、過去に共演NGを出したことがない人なら誰でも大丈夫ですよ。と言った。すると、役柄に合わないかもしれないけど、立候補してくれている人がいるからこの人に来てもらうね、と写真を見せられた。六年前、戸田真琴のデビュー作で、はじめての絡みシーンの相手をした松岡という男優だった。

作業着に身を包んで髪をくしゃくしゃと散らしながら入ってきたその人は、物腰柔らかく、やっぱりボディソープの香りがした。柄の悪い汚いオヤジという、脚本に書かれていた役柄とはあまりに似つかない姿に、少し微笑ましい気持ちになる。

感じがいい人を感じ悪く見せることは難しい。AV男優業というのは、人気のある演者だと一日に三現場くらい回ることもあるという。そのうえ、ベテランで清潔感のある男優だと、女優のデビュー作の現場に呼ばれることも多いはずだ。六年も前の、それも畳に白い布団を敷かれて地味な女がひとり、すべて人まかせにぼうっとしていただけの撮影のことなど、当然覚えていないだろうと思った。いろいろなことを考えていると、珍しく緊張がこみあげてきた。ミスをしないように、となかば願掛けするようにして、わたしは薬局で買ったカフェイン錠剤を飲む。頭がぼうっとしているとセリフを噛んだりするので、ここ何年かは、撮影の日にはカフェインが必需品になっていた。

＊

シティホテルを模した部屋が、ほんの少し明かりを落とされ、オレンジ味がかった間接照明一灯に照らされる。深呼吸をしてから、

「急遽代打に立候補してくださったと聞きました。ありがとうございます」

と、松岡に言ってみる。最初の撮影でお会いして以来ですよね、と言おうか考えたけれど、覚えられていない可能性のほうが大きいので、言いかけてやめた。

すると松岡は、六年経ってもまったく変わらない柔らかな表情で、

「俺、真琴ちゃんの最初の撮影の相手だったの、覚えてる？」

と言った。何千もの現場をこなしてきた余裕のあるはずの表情が、ほんの少し不安げに揺れた、ような気がした、気のせいかもしれなくても、なんだかきれいだと思った。

「引退しちゃうって聞いて、だからそれまでになんとか会わなきゃって思ってて。そしたら代打を探してるってグループメールが来たから、すぐ俺行きますって言ったの」

わたしは浮遊感を感じながら、くすくすと笑った。あの日、シャワーを浴びながら、身体のどこも痛んではいなかった、あの不思議さを思い出す。

「覚えてるに決まってます。その節は、やさしすぎるくらいやさしく接してくださって、ありがとうございました」

＊

シナリオはこうだ。高校教師の戸田真琴は自分の生徒・歩に支配されている。放課後の教室でやられたり、体育倉庫で歩の同級生複数人に弄ばれたりと、過激なプレイを要求され続けるが、嫌がりながら致し方なく従っているように見えて、支配されることを内心悦んでいた。しかし、歩の要求はさらにエスカレートし、ついには自分が見ている前で汚いオヤジに凌辱されろと言う。作業着を着た不潔なオヤジは、歩に金を払い、真琴を凌辱する――。

よーい、スタート。の言葉から数秒後、ドアが開いて汚いオヤジ……のように見えそうな作業着を身に纏った松岡が現れる。三、四メートルくらい離れているのに、もうシャボン玉のような香りがしている。松岡は大きなサングラスをこれ見よがしにかけ直し、だるそうな振る舞いをする。

戸田真琴役であるわたしは怯えた表情を見せ、「歩くん、どうして？　怖いよ……」と、縋るように言う。歩役の男優は、「うるせえな、言うこと聞かないともうおまえのこと相手にしてやんねえぞ」と、棒読みで言う。

作業着の男は金を渡すと、遠慮のない早さで真琴に覆い被さる。カメラの位置からは乱暴に組み敷いたように映っているだろうが、実際にはわたしの身体にほとんど触れず、体重もひとかけらもかけないままでふんわりと位置を取った。ボタンを外すときや、下着のホックを外すとき、急いだら怪我をしそうなところはごくゆっくり丁寧に行い、そしてすでに自由になっている服の裾や、布団の端など、乱暴にあつかっても影響がない箇所を掴むときだけ所作を大袈裟にした。カメラからは映らない角度で、草食動物のようなやさしい目をしてこちらを見ている。身体のどこを触るのも、異様に思えるほどやさしく、困惑しているうちに新たにやさしすぎる愛撫がはじまる。

もはや、本来官能を呼び起こすための行動だったということすら忘れるほど、穏やかな時間が流れる。わたしはそれこそ、生まれたての仔馬かなにかになったような気分だった。かまわず光る間接照明、かまわず回るカメラ、手持ち無沙汰になっているもののたまに声の出演があるため定位置からは移動できない歩役の男優の、どこも見つめていない灰色の目。カフェインを飲むのが一歩遅かった。頭がぼうっとしている。役柄的には、嫌がっているような顔をしなければいけないんだよな、と気を取り直そうとして、そういえばこの人いつまで同じ箇所をやさしく舐め続けているんだろう、と気づく。さすがに疑問に思ったのか、カメラマンが機材の向こうからほんの少し不安げな目を向けてきている気配がする。ふと見つめ合った松岡の目は、やっぱり官能のかけらもない、やさしいどうぶつの光を灯《とも》していた。こんなに役に合ってないことがあるものかよ、と思うと同時に、なぜか涙が止まらなくなった。

監督はわたしの涙に気づいているが、カメラを止めはしない。松岡は気がついたとき、少しだけ動揺してから、きっとこれを凌辱されて悔しいという涙に見せないといけないと考えたのだろう、愛撫をやめて早急にことを進めようとする。しかし、彼の性器はまったくといっていいほど硬くなっていない。カメラから見えない角度でなんとかしようとするが、刺激を加えても、目の前にあるわたしの身体を見つめても、キスをしても、まるで起き上がらない。

わたしはわたしで、セックスをしたいとはまったく思っていない状態で、赤子のように裸で座り込んでいる。

困りながら何度も目が合うけれど、そこには思いやりのようなシンプルな愛着のみが光り、わたしたちは途方に暮れた。そして、なんとか最終カットまで角度や動きをごまかしながら芝居をして、くすくすと笑い合いながら、ありがとうございました、と言って抱き合った。

＊

　ほとんど寝間着みたいな私服に着替えて、足早にマネージャーの車に乗り込む。二三時、環八通りを行く。無数の光が近づいては照らし合い、また離れてゆく。通り過ぎる街灯はオレンジ色に、木々の隙間をすり抜けてわたしの頬をつややかに照らす。池永さんが貸してくれたよく落ちるクレンジングですべて洗い流して、眉毛も半分になったわたしの顔の、なだらかな凹凸を光が辿る。宇宙の中みたいだった。

　わたしは充電残り二パーセントのｉＰｈｏｎｅを手にし、窓を開け、両手を少しせり出しながら過ぎゆく光を撮影した。長方形のモニターの中に、みかん色の光が揺れる。追いつかないシャッタースピードで、線状に伸びていく様を、吸い込むように見ている。今さら効いてきたカフェインのせいで、両目の瞳孔が開ききって、光がリアルに膨張していく。どんどん飽和したオレンジに包まれながら、生理的な涙が出る。心は凪いでいる。わたし、ＡＶ女優をやめていいんだ。固くむすばったリボンが解けてはらはらと床に落ちるように、なにもなくなってつるんと滑る。マネージャーは無言のまま、アクセルをもう少しだけ踏み込んで、車の減りゆく環八通りを、イルカのように滑っていった。

本作品に登場する人物・団体・地名等は、実在する人物・団体・地名等とは一切関係ありません。

カバー・表紙イラスト　須藤はる奈
カバーデザイン　西垂水敦（krran）
本文デザイン　廣瀬梨江
協力　田中佑樹（poolside,inc）
編集　佐藤早菜（ブランクエスト）　村上清

そっちにいかないで

2023年6月2日　第1版第1刷発行

著　者　戸田真琴
発行人　森山裕之
発行所　株式会社太田出版
〒160-8571　東京都新宿区愛住町22 第3山田ビル4F
電話　03-3359-6262
振替　00120-6-162166
ホームページ　https://www.ohtabooks.com/

印刷・製本　株式会社シナノ

ISBN978-4-7783-1857-4　C0095